DU MUSST

ALEXIS SNOW

DU
MUSST

ALEXIS SNOW

Impressum

Bibliografische Information der Deutschen Nationalbibliothek:
Die Deutsche Nationalbibliothek verzeichnet diese Publikation in der
Deutschen Nationalbibliografie; detaillierte bibliografische Daten sind
im Internet über http://dnb.dnb.de abrufbar.

© 2021 Alexandra Schäfer, Döbrabergstr. 20, 50765 Köln

Lektorat: Melina Coniglio

Korrektorat: Petra Schäfer

Cover: Dream Design – Cover and Art, Renee Rott

Bilder: 1.AdobeStock_152188125, 2. shutterstock_223532953

Herstellung und Verlag: BoD – Books on Demand, Norderstedt

ISBN: 978-3752667813

Für meine Oma

Du fehlst mir so, aber ich weiß, du wirst immer in meinem Herzen bleiben und weiterleben.

PROLOG

~ Anna ~

Anna rieb sich über die Augen. Ob der Abend irgendwann ein Ende finden würde? Der Tag war anstrengend gewesen und die Firmenfeier ermüdend. Sie hasste es, ihrem Chef bei seinen selbstverliebten Reden zuzuhören. Hätte er sie nicht anständig bezahlt und hätte das Klima zwischen den Kollegen nicht gestimmt, wäre ihre Kündigung längst bei ihm auf dem Schreibtisch gelandet. Davon abgesehen brauchte sie das Geld. Im Grunde ging es immer nur um die Kohle.

»Und deswegen möchte ich Ihnen danken. Denn ohne Sie würde ich dieses Unternehmen allein am Leben erhalten müssen, und es wäre nie so weit gekommen. Danke, dass ich auf Sie zählen kann. Auf viele weitere und erfolgreiche Jahre!« Als Annas Boss endete und sein Glas hob, brandete tosender Applaus auf, woraufhin er breit grinste.

Gebauchpinselt ging er durch die Menge, schüttelte Hände und ließ sich unter Lobgesängen auf die Schultern klopfen. Anna wandte sich ab und ließ den Blick schweifen. Wenn es um den Chef ging und möglicherweise mehr Gehalt drin war, mutierten die Kollegen zu den größten Speichelleckern. Immer auf den eigenen Vorteil bedacht.

Die Feier zum zehnjährigen Bestehen der Firma fand in der Kantine des Geschäftsgebäudes statt. Die runden Tische waren mit weißen Tischdecken bezogen, so auch die Stühle. Auf ihnen standen Kristallgläser und feinstes Porzellan. Als Farbtupfer dienten rote Servietten, die kunstvoll zu Fächern gefaltet worden waren, und Vasen mit Tulpen. Im hinteren Bereich des Raumes hatte man ein Buffet aufgebaut, von dem der köstliche Duft der warmen und kalten Speisen zu ihr wehte und Annas Magen zum Grummeln brachte.

Hoffentlich eröffnete ihr Boss es bald, damit sie was zwischen die Zähne bekam und danach verschwinden konnte. Anna wollte ins Bett und schlafen, die Vorkommnisse des Tages vergessen. Sie schämte sich, nicht besser als ihre Kollegen zu sein, und fühlte sich in ihrer Haut keineswegs wohl.

Als hätte sie vom Teufel gesprochen, stand er plötzlich vor ihr. »Ich freue mich, Sie heute zu sehen, Anna.« Sein Blick glitt geradezu lüstern an ihrem Körper hinab, der in einer feinen, dunkelblauen Bluse sowie einem schwarzen Rock steckte. Dazu trug sie schwarze Pumps, um das edle Outfit abzurunden.

Sie zwang sich zu einem Lächeln. »Wie hätte ich Ihre Einladung ausschlagen können, Herr Graf?«

Der Mann fühlte sich bestätigt und trat auf Anna zu, legte ihr einen Arm um die Schulter. »Freundlich wie immer. Kommen Sie morgen in mein Büro, ich habe einen wirklich wichtigen Auftrag für Sie.«

Er zwinkerte ihr zu, während Anna einen Würgereiz unterdrückte. Sie hätte gern geschrien und um sich geschlagen, doch sie beherrschte sich. Immerhin brauchte sie den Job. Sie bemühte sich, das Lächeln auf ihrem Gesicht zu halten, und überspielte ihre Unzufriedenheit, wusste sie doch, was ihr Chef von ihr forderte: vollen körperlichen wie geistigen Einsatz und viele Überstunden.

»Natürlich, Herr Graf.«

Er nickte, ließ seinen Blick erneut über ihren schlanken Körper fahren, dann trat er zurück und beendete seine Runde, bevor er in die Hände klatschte. »Das Buffet ist eröffnet!«

Voller Begeisterung traten die Kollegen vor, um sich am Essen zu bedienen. Anna zögerte einen Moment, weil sie sich überrumpelt fühlte. Wieso hatte ihr Chef solch einen Narren an ihr gefressen?

Sie schüttelte den Gedanken ab. Noch ein letztes Jahr, dann hätte sie ihr Studium beendet und würde sich einen neuen Job suchen, der ihr mehr zusagte. Oder jedenfalls eine Arbeit, bei der sich ihr Chef nicht nach ihrem Körper verzehrte.

Sie atmete tief durch, um sich von ihrem Frust den Abend nicht verderben zu lassen, so kurz er noch sein würde. Außerdem hatte sie Hunger. Beim Buffet hatte sie es hauptsächlich auf die Gemüselasagne abgesehen, weil sie den Geschmack von Fleisch einfach nicht ausstehen konnte. Nach dem Essen wurde Live-Musik gespielt, und einige Kollegen tanzten. Auch Anna nutzte die Gunst der Stunde und bewegte sich zu dem Takt auf der Tanzfläche.

Als sie sich erschöpft, aber glücklich auf ihrem Stuhl niedergelassen hatte, setzte sich Herr Graf neben sie.

»Hören Sie, Anna. Ich glaube, wir können jetzt noch über Ihren Auftrag reden.« Er zwinkerte ihr zu. Seine Augen wirkten vom vielen Wein glasig.

»Aber … Herr Graf! Es ist spät, und wir feiern.« Sie hoffte, dass er sie in Ruhe lassen würde.

»Dann feiern wir eben in meinem Büro weiter.« Er schenkte ihr ein anzügliches Grinsen, das ihr eine Gänsehaut den Rücken hinabjagte.

»Meinen Sie nicht, dass es auffällt, wenn wir verschwinden?« Sie griff nach dem letzten Strohhalm.

Er schnalzte mit der Zunge. »Das ist mir egal. Kommen Sie, meine Liebe. Sie wissen, dass da ein dicker Bonus für Sie drin ist.«

Sie seufzte, dann stand sie auf. Die Miete war bald fällig, und sie brauchte das verdammte Geld, das er ihr anbot. Mit einem falschen Lächeln schritt sie zum Ausgang, hob den Kopf, um den Kollegen gegenüber ihre Würde zu bewahren.

Kaum hatte sich die Bürotür hinter ihr geschlossen, drückte er sie grob an die Wand. Sie konnte den schalen, widerlichen Geruch des Weins in seinem Atem riechen. Er griff nach ihren Brüsten, drückte grob und viel zu fest zu, doch Anna unterdrückte das schmerzhafte Aufstöhnen. Es hätte ihn vermutlich nur animiert, noch kräftiger zuzudrücken.

Seine Hände waren überall und beschmutzten ihren Körper. Alles in Anna schrie danach, ihn von sich zu stoßen, doch sie ließ es zu, dass er sie begrapschte. Er schob ihren Rock hoch, ihren Slip nach unten.

Auch wenn sich Anna dafür hasste, so empfand sie den Sex mit ihrem Chef irgendwie als wohltuend. Da war nicht nur der Wunsch nach einem Bonus, es war wirklich erregend. Dennoch widerte es sie an, als seine Zunge über ihre Spalte fuhr und ihre empfindlichste Stelle traf, und das brach jeglichen Widerstand.

Obendrein hatte er Erfahrung. Er war ein wahrer Meister und wusste, wie er sie zum Höhepunkt bringen konnte.

Schwer atmend blieb Anna auf dem Schreibtisch liegen, zu dem er sie geführt und wo er sie auf den Bauch gedreht hatte. Womöglich eine bevorzugte Stellung von ihm. Anna konnte sich nicht beklagen.

»Wir sehen uns morgen, Anna. Ich erwarte Sie in meinem Büro«, sagte er mit strenger Stimme. Dann vernahm sie die sich entfernenden Schritte.

Die Tür fiel ins Schloss und ließ sie allein mit einem beschämten Gefühl zurück. Erst nach einer Weile richtete sich Anna auf und zog sich an. Sie fühlte sich schmutzig und wollte nur noch nach Hause und sich waschen. Bleierne Müdigkeit überkam sie. Der Tag war ohnehin schon furchtbar gewesen, und ihr Chef hatte ihn nicht besser gemacht. Im Gegenteil.

Anna verließ das Bürogebäude, ging in die Tiefgarage, um zu ihrem Auto zu gelangen. Sie hatte mit dem Kraftfahrzeug noch ein gutes Stück Weg vor sich, da ihr Arbeitsplatz zentral in Köln-Ossendorf lag, sie aber im Norden, in Worringen, wohnte.

Im düsteren Untergeschoss befiel sie ein unwohles Gefühl, als ob sie beobachtet wurde. Sie blickte über ihre Schulter, konnte aber nichts erkennen. Genährt von ihrer Scham fürchtete sie sich vor jedem Schatten, das versuchte sie zumindest, sich einzureden. Sie zog ihre Jacke fester zu und beschleunigte ihre Schritte, die laut von den Wänden widerhallten. *Tock – Tock – Tock – Tock*. Wie der Bote des Unglücks wurde das Geräusch zu ihr zurückgeworfen und ließ Anna schneller atmen. Die Angst trieb ihr den Schweiß auf die Stirn und beschleunigte ihren Herzschlag. Das Adrenalin rauschte durch ihre Adern und kribbelte wie tausend kleine Ameisen. Die letzten Meter bis zu ihrem Auto rannte sie. Erst als sie sicher darin saß, atmete sie erleichtert auf. Sie verriegelte die Tür und stützte die Arme sowie ihren Kopf auf dem Lenkrad ab, um sich zu besinnen. Dann hob sie den Blick und registrierte ihr blasses Gesicht im Spiegel.

»Du hast eindeutig zu viele Horrorfilme gesehen, Anna!«, sagte sie halblaut vor sich hin und blickte sich in ihrem Auto um, als müsse sie sich vergewissern, dass auch ja niemand auf ihrer Rückbank saß. In ihrer Lieblingsserie *Dexter* hockte nämlich der Hauptcharakter in der ersten Folge auf der Rückbank und entführte sein Opfer auf diese Weise.

Sie startete den Motor und machte sich auf den Weg nach Hause.

Eigentlich hatte sie über die Autobahn fahren wollen, aber aus der Gewohnheit heraus nahm sie die Landstraße. Sie war müde, und das Denken fiel ihr zunehmend schwerer. An jedem Nachmittag, an dem sie nach Hause gefahren war, stand sie meistens auf der A57 im Stau und fuhr deswegen über die Landstraße. Das schlechte Gefühl, beobachtet zu werden, geriet für Anna zunehmend in Vergessenheit.

Mit jedem Meter, den sie zurücklegte, entspannte sie sich und konnte ihre Arbeit loslassen. Die Strecke führte immer weiter geradeaus, eine dunkle Straße entlang, die von Bäumen gesäumt wurde und sie an eine Allee erinnerte. Als sie an einer kleinen Unterführung ankam, bemerkte sie im letzten Moment einen dicken Ast, der die Fahrspur blockierte. In Sekundenbruchteilen musste sie sich entscheiden, drüberzufahren oder abzubremsen.

Aus dem Reflex heraus und mit dem aufflammenden Gedanken, der Ast könnte ihre Reifen zerfetzen, bremste sie gerade noch rechtzeitig ab. Daraufhin stieg sie aus und zog das Holz von der Fahrbahn. Sie brauchte mehrere Anläufe, bis sich das schwere Ding bewegte. Als die Fahrbahn davon befreit war, sodass sie daran vorbeifahren konnte, ging sie zurück zu ihrem Auto und ließ sich schwer atmend auf den Sitz fallen.

Wie kam dieser dicke Ast überhaupt auf die Straße? Hatte es während der Feier so stark gestürmt, dass er abgebrochen war? Bäume gab es hier immerhin genug.

Schulterzuckend startete Anna den Motor. Bis nach Hause waren es noch knapp zehn Minuten, und sie hörte ihr Bett schon nach ihr rufen. Sie wollte aus ihren Klamotten raus und das Make-up loswerden sowie die Berührungen ihres Chefs abwaschen.

Im selben Moment, als sie losfahren wollte, wurde ihr ein Lappen auf den Mund gelegt. Dann umfing sie Schwärze.

KAPITEL 1

~ Sascha ~

Ich drehte das halbvolle Kölschglas zwischen meinen
Fingern, sodass die goldene Flüssigkeit darin hin- und
herschwappte und feine Schlieren zog. Der Hauch von Schaum
war verschwunden, und das Getränk schmeckte inzwischen
sogar schal. Deswegen trank ich den Rest in einem Zug leer.
Bitter rann die Flüssigkeit meine Kehle hinab.

Seit fast einem halben Jahr gehörte der Besuch in der Kneipe
unter dem Hochhaus zu meinem Tagesablauf. Einkaufen, essen,
aus dem Fenster starren, dann in die Kneipe gehen – so sah
mein Alltag aus. Meine Kollegen riefen gelegentlich an und
erkundigten sich, wie es mir ging. Das freute mich, weil sie mir
damit zeigten, dass ich ihnen nicht egal war und in meinem Job
nicht alles falsch gemacht hatte. Wenigstens etwas, bei dem ich
nicht versagt hatte.

Meine Exfrau hatte Jonas anfangs häufiger vorbeigebracht,
weil Kathi gehofft hatte, mein Sohn könnte mir aus der
Lethargie helfen. Aber der Junge erinnerte mich an Sophie, und
unwillkürlich musste ich an Judith denken. Ihr Verlust
schmerzte mich ungemein und trieb mich tiefer in mein eigenes
Schneckenhaus.

Deswegen brachte Kathi unseren Sohn inzwischen nur noch selten vorbei und hinterließ in mir das Gefühl, dabei auf ganzer Linie versagt zu haben.

Unsere Ehe hatte ich bereits zuvor versaut, weil ich zu sehr auf meine Arbeit konzentriert gewesen war. Sie verstand nicht, dass mein Job Leben rettete und nun einmal alles von mir verlangte. Sie wollte einen Mann an ihrer Seite, der ich nie sein könnte. Deswegen hatte ich auch das vergeigt.

Von meinem letzten Fall konnte ich schlecht etwas anderes behaupten, denn Ghost hatte mich an der Nase herumgeführt und mir ›wunderschöne‹ Narben im Gesicht und auf der Schulter verpasst. Schnörkel, die sich leuchtend rot in den Vordergrund drängten und jeden Menschen in meiner Nähe abschreckten.

Ohne mein Team wäre ich inzwischen bereits tot, weil ich ein entscheidendes Detail nicht erkannt hatte. Nein, nicht hatte sehen wollen. Mein Spürsinn, auf den ich immer stolz gewesen war, hatte mich verlassen und gab mir nun das Gefühl, nutzlos zu sein. Deswegen war ich noch immer freigestellt, obwohl meine Kollegen mich gern an ihrer Seite hätten. Aber ich konnte nicht, fühlte mich noch nicht bereit dazu, erneut zu jagen.

Was wäre, wenn ich wieder versagte? Wenn es dieses Mal jemand anderen traf?

»Herr Kommissar! Wie geht es dir?«, vernahm ich die Stimme eines anderen Stammkunden, die mich aus dem Strudel meiner Selbstzweifel riss.

»Johannes, schön, dich zu sehen! Gut. Und selbst?«

Der ältere Mann setzte sich neben mich und klopfte mir kräftig auf den Rücken. Sein Auftauchen wurde meine Rettung aus dem Selbstmittleid.

Ich musterte meinen Sitznachbarn, der mir in der kurzen Zeit ein guter Freund geworden war. Er war groß, trug ein rot kariertes Hemd und hatte blondes Haar. Seine blauen Augen strahlten vor Freude, und ich wusste, dass dieser Abend nur noch besser werden konnte. Seine fröhliche Art erheiterte mich jedes Mal auf's Neue und ließ mich meinen Frust vergessen. Er scherzte fortlaufend, und man durfte ihm nicht alles glauben, was er erzählte. Aber das machte ihn aus.

Am meisten bewunderte ich seine lässige Art mir gegenüber. Viele mieden mich mittlerweile, weil sie den Anblick meiner Narben nicht ertrugen, doch Johannes interessierte das nicht. Ich erinnerte mich an unser erstes Treffen in der Kneipe. Er hatte mir zugelächelt und mich gefragt, ob ich mich mit der Mafia angelegt hätte. Das war das erste Mal seit dem Vorfall gewesen, dass sich so etwas wie ein Grinsen auf meine Züge gelegt hatte.

»Gut, gut. Es muss, wa?«, holte er mich aus meinen Erinnerungen. Die Kellnerin zapfte ihm ein Kölsch und stellte es vor ihn. »Danke, Liebchen!«

»Wie geht es deiner Frau?« Ich nahm mein Getränk, setzte es an meine Lippen, nur um zu bemerken, dass das Glas inzwischen leer war.

Er griff nach seinem Bier und trank ebenfalls einen Schluck, bevor er antwortete. »Der geht es blendend. Kommt auch gleich noch vorbei.«

»Das ist schön.« Erneut drehte ich das leere Glas in meinen Händen.

»Liebchen, machens dem Mafiosi noch ein Kölsch! Der sitzt auf dem Trockenen.«

»Danke.« Ein Lächeln schlich sich auf meine Lippen.

»Doch nicht dafür«, meinte er und zwinkerte mir zu.

Die Tür zur Kneipe wurde aufgestoßen, und Johannes' Frau Annegret trat ein. Die kleine Frau mit den grauen Locken wirkte oftmals ernst und grantig, doch wenn man sie einmal kennengelernt hatte, dann erkannte man, wie herzensgut sie war.

»Hallo, Sascha, toll, dich zu sehen. Geht es dir gut?«

»Natürlich, es muss, oder?«

Johannes lachte schallend. »Nur sterben müssen wir und unsere Arbeit leisten. Sonst nichts.«

Annegret rollte mit den Augen. »Erspar uns deine Semi-Weisheiten, Hannes!«

»Dabei habe ich noch so viele auf Lager«, protestierte er gespielt beleidigt.

»Und nur die Hälfte von diesen Halb-Weisheiten ist für irgendetwas nützlich. Also lass es bleiben.«

Genüsslich nippte ich an meinem frischen Bier und lauschte dem Schlagabtausch der beiden. Insgeheim hatte ich mir gewünscht, dass es mit Kathi oder Judith auch so häte kommen können. Aber das schien mir nicht vergönnt zu sein. Ich versuchte, die Gedanken von mir zu schieben, um meine Laune nicht weiter zu trüben. Frauen hatten mir nur Unglück gebracht, und ich hatte mit ihnen abgeschlossen. Eher sollte die Hölle zufrieren, als dass ich mich erneut auf jemanden einließ, der mir nur schadete.

Als mir eine Hand auf die Schulter schlug, schreckte ich aus meinen trübseligen Selbstvorwürfen auf. Ein weiterer Stammgast war zu uns getreten. Sein Name lautete Sebastian, und er war etwa in meinem Alter. Er hatte einen schmalen Körperbau, blonde Haare, ein freundliches Gesicht, war stets höflich und gab einen angenehmen Zeitgenossen ab. Doch wenn er einmal anfing, zu trinken, verwandelte sich seine friedliebende Art schnell in reinste Aggression. Er schmiss dann sogar Gläser durch den Raum oder schlug Löcher in Türen. Seine Wut ließ er zwar nicht an anderen aus, trotzdem brüllte er herum und wurde beleidigend.

Zu der Truppe gehörten außerdem noch zwei weitere Männer, die ebenfalls bald zu uns traten. Paul und Erik verhielten sich meistens zurückhaltend. Sie waren mittleren Alters und schoben leichte Bierbäuche vor sich her. Während Erik schütteres, braunes Haar und dunkle Augen hatte, so stellte Paul das genaue Gegenteil dar. Er hatte langes, blondes Haar, das er stets zu einem unordentlichen Zopf gebunden trug. Seine blauen Augen wirkten meist fahrig und trüb, als würde er niemals nüchtern werden wollen. Wie jemand, der vor etwas davonrannte und es im Alkohol ertränkte. So wie ich …

Es gab natürlich noch weitere Stammkunden. Hans mit seinem Rauschebart und den ungepflegt langen Haaren, den Johannes immer Yeti nannte. Mario, der des Öfteren auf die Spielautomaten einschlug, wenn er wieder einmal sein ganzes Geld verloren hatte. Sandra, die mit jedem neuen Kunden flirtete und hoffte, einen reichen Kerl kennenzulernen. Das waren natürlich eher die Menschen, um die ich einen großen Bogen machte. Ich hatte meine eigenen Freunde.

Als die Gruppe nach draußen ging, um zu rauchen, und ich mit Johannes allein blieb, seufzte er.»Was ist heute nur los?«

Tatsächlich verhielten sich unsere zwei Nachzügler sehr merkwürdig. Sie tuschelten miteinander und schienen für sich zu bleiben wollen.

»Irgendwas stimmt nicht mit denen.«

Johannes nickte. »Ich glaube, sie geraten auf die schiefe Bahn. Sie sind zwar nett, aber irgendwie waren sie mir immer suspekt. Verstehst du, was ich meine? Es ist ja nicht so, dass wir perfekt sind, schließlich haben wir nichts Besseres zu tun, als uns hier zu treffen und vor der Realität davonzulaufen, aber ich weiß, dass wir etwas ändern können, wenn wir nur wollen«

Ich hob meine Augenbrauen. »Weise Worte, Johannes. Wer ist jetzt der Kommissar?«

»Immer noch du, wenn du deinen faulen Hintern hochbekommen würdest. Du musst aus deinem Loch rauskommen. Was ist mit deiner Arbeit? Lenkt dich das nicht ab?«

Verwundert über seine raue Art zuckte ich mit den Schultern. »Doch, eigentlich schon. Ich habe immer für den Job gelebt. Aber im Moment lenkt mich gar nichts ab. Ich habe versagt und das Offensichtliche nicht sehen wollen, weswegen Frauen gestorben sind, die ich hätte schützen können. Die ich hätte schützen *müssen*.«

»Habt ihr nicht diese komischen Psychodoktoren, die euch wieder auf die Spur bringen? Können die dir nicht helfen?«

Ich winkte ab. »Die Frau ist furchtbar. Sie hält sich für überlegen und ach so toll. Die kann niemandem helfen.«

»Ach, hör doch auf, Sascha! Du suhlst dich so hingebungsvoll in deinem Selbstmitleid. Meinst du nicht, dass das nicht weitere Vorurteile sind? Hast du ihr jemals eine Chance gelassen, dir eine andere Seite zu zeigen? Vielleicht hat sie dich nur testen wollen?« Die Stimme meines Freundes klang ernst und belehrend. Obwohl er meistens fröhlich wirkte und immer Späße machte, steckte in ihm die Weisheit des Alters.

Für einen Moment fehlten mir die Worte, dann schlich sich ein Lächeln auf meine Lippen. »Vielleicht sollte ich ihr wirklich eine Chance geben. Vermutlich führt kein Weg an ihr vorbei, wenn ich wieder arbeiten möchte.«

Johannes lachte und klopfte mir mit der Hand auf den Arm. »Na also, geht doch!«

Als die anderen zu uns zurückkamen, verebbte das Gespräch, und Johannes setzte wieder sein lustiges Gesicht auf. Erik verkündete, die nächsten zwei Wochen im Urlaub zu sein, und Johannes fing an, breit zu grinsen. »Weißt du, wo du dich im Flugzeug am besten hinsetzt?«

Annegret stöhnte entnervt auf und rollte mit den Augen. Die beiden waren gefühlt seit über fünfzig Jahren verheiratet, und ich konnte mir vorstellen, dass sie die Sprüche in all der Zeit auswendig gelernt hatte, weswegen sie sie nicht mehr hören konnte. »Hannes, erspar uns das.«

Er ignorierte seine Frau. »Also, du setzt dich nach ganz vorn, okay?«

Irritiert musterte Erik ihn. »Warum? Ich habe keinen Einfluss auf meinen Platz.«

Johannes wedelte mit seiner Hand, ein breites Grinsen zierte seine faltigen Züge. »Dann tauschst du mit jemandem. Du musst dich unbedingt nach vorn setzen. Denn wenn das Flugzeug abstürzt, dann rollt der Getränkewagen nach vorn, weil es ja immer mit der Schnauze voran nach unten geht. Dann kannst du dir noch ein kühles Bier schnappen. Besser kannst du in einem Flugzeug nicht abdanken.«

Einen Moment lang starrten alle Johannes schweigend an. Scheinbar wussten sie nicht, ob sie das ernst nehmen sollten. Aber dann kamen seine Worte an, und alle brachen in

schallendes Gelächter aus. Selbst Annegrets Mundwinkel
hoben sich.

»Der war gut, Johannes!«, rief Paul begeistert aus und
klopfte sich auf die Schenkel.

Wir ließen den Abend gemütlich ausklingen. Gegen acht
machte ich mich auf den Weg nach Hause, nachdem sich die
Gruppe größtenteils aufgelöst hatte.

In meinem Wohnzimmer warf ich wie immer meinen
Schlüssel in die Glasschale, die auf der Kommode neben der
Tür stand. Mein Portemonnaie landete gleich daneben. Als ich
in meine andere Hosentasche greifen wollte, hielt ich inne.
Darin befand sich normalerweise mein Ausweis, aber den hatte
ich auf dem Revier lassen müssen – zusammen mit meiner
Dienstwaffe.

Mir fehlte die Arbeit, doch jedes Mal, wenn ich in der
Tiefgarage parkte, kamen die Erinnerungen zurück und Panik
überfiel mich. Der Schmerz, die Unsicherheit und die
Selbstzweifel, die ich nie zuvor gekannt hatte. Ich hatte mich
immer darauf berufen, dass ich ein guter Bulle wäre. Niemand
hatte mir etwas vormachen können, weil ich diese Gabe besaß,
mich in Täter hineinzuversetzen.

Doch dann war Ghost aufgetaucht.

Sie hatte mich ausgetrickst, mir meine Sicherheit genommen
und Zweifel gesät. Ich hatte meine Instinkte missachtet, anstatt
auf sie zu hören. Deswegen hatte sie mich gefasst und mir ihr
Zeichen verpasst. Jeden Tag sah ich mein Versagen im

Spiegelbild und würde es wegen der leuchtend roten und wulstigen Striemen nie wieder vergessen können.

Seufzend ließ ich mich auf mein Sofa fallen. Johannes hatte recht. Ich musste mein Leben wieder in den Griff bekommen. Bisher war ich ein einziges Mal bei der Psychologin gewesen. Ich hatte sie von oben herab behandelt, war ihr mit Ignoranz und Feindseligkeit entgegengetreten. Damals hatte ich nicht einsehen wollen, dass ich Hilfe benötigte. Ich hatte mich wie ein stolzes, wenn auch verletztes Tier verhalten und jeden von mir gestoßen, der mir hatte helfen wollen.

Jetzt wusste ich, dass ich es ohne sie niemals aus meinem Loch heraus schaffen würde.

Gleich morgen früh würde ich auf das Revier fahren und mich bei ihr entschuldigen. Ich wollte zurück in meinen beruflichen Alltag, brauchte etwas Sinnvolles zu tun, und die Psychologin war der einzige Weg zurück in mein altes Leben. Solange sie mich nicht für diensttauglich erklärte, würde ich nicht wieder anfangen können. Also würde ich in den sauren Apfel beißen – ob ich wollte oder nicht.

KAPITEL 2

~ *Sarah* ~

Auf das Klopfen an meiner Bürotür reagierte ich nicht. Ich kämpfte mich gerade durch einen meterhohen Berg an Akten, die archiviert werden sollten. Wie hatte Sascha das alles nur neben den Ermittlungen geregelt bekommen? Unabhängig davon, dass er uns allen fehlte, realisierten wir erst jetzt, was er alles geleistet hatte. Er hatte uns alle zusammengehalten. Zwar mochten wir uns noch immer und arbeiteten gut als Team zusammen, dennoch bemerkten wir, dass uns seine Leitung fehlte. Er hatte uns die unbequemen Arbeiten abgenommen, wodurch wir effektiv die Fälle hatten lösen können.

»Was?«, brüllte ich, als es erneut an meiner Tür klopfte.

Langsam öffnete sie sich, und eine mir bekannte Gestalt betrat mein Büro. Vor mir stand mein Mann, den ich vor zehn Jahren in Tunesien getroffen hatte. Ein Lächeln schlich sich auf meine Lippen, und ich schob mir eine blonde Strähne aus dem Gesicht.

»Gestresst, meine Schöne?«, fragte mich Timo, den ich nach all den Jahren noch genauso vergötterte wie an dem Tag, als wir uns begegnet waren. Wir hatten einen schweren Start gehabt, aber die Liebe überwand jede Hürde, die man ihr in den Weg stellte.

Timo hatte ich in einem Urlaub kennengelernt. Er hatte in

dem Hotel als Animateur gearbeitet, und wie in einem dieser verrückten, kitschigen Filme hatten wir uns Hals über Kopf ineinander verliebt. Wir hatten nicht gewusst, ob wir eine Chance hatten, aber wir hatten es gewagt. Das war zehn Jahre her, und ich bereute es keinen einzigen Tag.

»Sascha fehlt hier. Im Moment bleibt alles an mir hängen.« Ich seufzte, stand auf und ging auf meinen Mann zu, der seine Arme sofort um meine Taille schlang.

»Das kommt davon, dass du immer direkt und laut hier herumbrüllst.«

Ich legte meine Arme um seinen Hals und sah in seine dunklen Augen, dessen Farbe mich an Schokolade erinnerte. In ihnen steckte so viel Zuneigung, dass mein Herzschlag sich beschleunigte. Noch immer hatten sie diese magische Wirkung, die mich alles um uns herum vergessen ließ. Meine Mundwinkel zuckten. »Du weißt, wie sehr ich meinen Job liebe. Ich wusste ja nicht, dass Sascha so lange ausfallen würde.«

Ein Seufzen entwich mir, als er seine Stirn an meine lehnte und mir damit das klare Denken erschwerte. Mein Puls beschleunigte sich, und in meinem Bauch kribbelte es. Selbst nach zehn Jahren hatte er diese Wirkung auf mich, beherrschte all meine Gedanken, wenn er in meiner Nähe war. Langsam senkten sich seine Lippen auf die meinen. Seine Zunge bat vorsichtig um Einlass, den ich ihr freudig gewährte. Für einen Moment genoss ich die Nähe meines Mannes, die mich wie ein Kokon umschloss, dann trat ich einen Schritt zurück, löste mich sanft aus seinen Armen.

»Mach für heute Feierabend, meine Schöne. Die Kleinen brauchen dich und ich ebenfalls«, bat er mich.

Ich warf einen Blick auf den Aktenberg, dann sah ich zurück

zu meinem wunderschönen Mann.»Ausnahmsweise. Ich muss morgen mit Bachmann reden, dass wir Hilfe brauchen. Es geht nicht mehr.«

Timo nickte.»Dann mach das. Du hast alles gegeben, was du konntest. Jetzt komm nach Hause.«

»Habe ich dir schon einmal gesagt, wie sehr ich dich liebe?« Timo überbrückte die Distanz zwischen uns und küsste mich kurz, aber leidenschaftlich. Er griff nach meiner Hand, und gemeinsam verließen wir das Büro. Bevor wir jedoch in den Aufzug steigen konnten, kam uns Julian entgegen. Seinem mürrischen Ausdruck entnahm ich, dass an Feierabend nicht zu denken war.

»Timo, schön, dich zu sehen. Wie geht's dir?«, fragte er.

Mein Mann, der das Prozedere kannte, seufzte.»Bis grade ging es mir gut.«

Schuldbewusst senkte mein Kollege den Blick.»Es tut mir leid. Wir haben gerade einen Leichenfund reinbekommen, und Bachmann möchte, dass wir uns dem Fall widmen.«

Mit fest aufeinandergepressten Lippen atmete ich tief durch. So war der Abend nicht geplant gewesen.»Tut mir leid.«

Timo nickte mit traurigem Blick, zog mich zu sich und küsste mich.»Ich kenne das ja. Pass auf dich auf, meine Schöne. Hoffentlich dauert es nicht zu lange.«

»Ich komme so schnell wie möglich nach Hause.«

Mein Mann nickte, dann wandte er sich ab. Am Anfang hatten wir viel über meine Arbeit diskutiert. Er hatte nicht verstanden, wieso ich so viele Überstunden machen musste. Er arbeitete in einem Fitnessstudio und hatte seine festen Zeiten. Wir hingegen arbeiteten so, wie es die Fälle zuließen. Verbrecher machten keinen Feierabend. Niemals.

»Es tut mir so leid, Sarah«, sagte mein Kollege bedrückt, doch ich lachte nur.

»Mach dir keine Gedanken. Er schmollt ein wenig, aber wirklich böse kann er mir nicht sein. Warte, bis du die Richtige gefunden hast, mein Lieber. Die, die dich so nimmt, wie du bist, und dich versteht.«

Julian nickte lediglich fahrig. »Ja, vielleicht.«

»Du hast jemanden kennen gelernt!«, rief ich begeistert.

Mein Kollege lief rot an. »Wir haben einen Mordfall.«

Ich grinste breit. »Gut ausgewichen, mein Lieber.«

»Was ist denn hier los?« Maya hatte vor Neugier den Kopf aus der Tür gestreckt.

»Wir haben einen neuen Fall, und Julian hat jemanden kennengelernt.«

Maya wandte sich Julian begeistert zu. »Wie heißt sie? Erzähl uns von ihr.«

Er rollte mit den Augen. »Emily. Sie ist vierundzwanzig Jahre alt, und da ich sie heute versetzen muss, wird das sowieso nichts mit uns. Also Thema gegessen. Widmen wir uns jetzt dem Fall?«

»Tut mir leid, Großer. Du findest schon noch die Richtige. Erzähl! Was haben wir?« Oliver war ebenfalls zu uns getreten und betätigte den Knopf für den Aufzug.

»Wir haben eine Tote auf einem Spielplatz in der Hunsrückstraße. Soll nett hergerichtet sein.«

Allgemeines Seufzen erklang. Wir wussten alle, dass das bedeutete, lange zu arbeiten.

Im gleichen Moment fuhren die Aufzugtüren zischend auseinander, und wir machten uns auf den Weg zum Tatort.

Jeder fuhr mit seinem eigenen Auto. Sobald wir den Tatort wieder verlassen könnten, würden wir nach Hause fahren und uns Notizen machen, um sie am nächsten Tag zusammenzutragen. Die Sicherung würde sowieso Stunden dauern, und irgendwann machte der Kopf einfach nicht mehr mit.

Nachdem ich die Adresse eingegeben hatte, stutzte ich. Die Hunsrückstraße lag nur zwei Querstraßen von Saschas Wohnung entfernt. Wenn es nicht so spät gewesen wäre, hätten wir ihn besuchen können. Außerdem hatte ich in dieser Straße einen Teil meiner Kindheit verbracht, weshalb mir sofort viele Erinnerungen in den Kopf schossen.

Auch wenn ich mich freute, dorthin zu fahren, beschlich mich ein mieses Gefühl. Fast schien es ein böses Omen zu sein, dass der Mord in Saschas Nähe geschehen war. Doch ich verwarf den Gedanken. Der letzte Fall hatte mich wohl etwas paranoid werden lassen.

Ich machte mir Sorgen um ihn, weil er sich in seinen Selbstzweifeln verlor. Wir hatten alle probiert, ihm aus seinem Loch zu helfen, doch das hatte sich als schwierig herausgestellt. Fast schien es, als würde er die Situation genießen, in der er sich befand. Als würde er es gar nicht anders wollen. Hoffentlich besann er sich bald. Er fehlte uns.

Nachdem ich mein Auto hinter den Streifenwagen abgestellt hatte, die die einspurige Straße blockierten, stieg ich aus und ging auf den Spielplatz zu. Sascha hätte sich an meiner Stelle erst die Umgebung angesehen und sich gefragt, was der Täter empfunden haben könnte. Das war jedoch sein Ding und würde mir nicht helfen, denn ich fühlte nichts. Ich hatte nicht die Gabe, mich in die Gedanken der Mörder hineinzuversetzen, wie er es konnte. Dafür besaß ich ein feines Auge und sah versteckte Details, die vielen anderen entgingen. Haare, verschobene Gegenstände und andere Geheimnisse blieben mir oftmals nicht verborgen.

Wir trugen alle etwas Besonderes zu diesem Team bei. Wahrscheinlich war das der Grund, warum Sascha uns ausgewählt hatte. So war zum Beispiel vor Maya kein Computer sicher. Niemand schaffte es, so schnell an Informationen zu gelangen wie sie – vorausgesetzt, es gab dazu Informationen im Internet. Julians Charme konnte niemand widerstehen, und seine Art, mit Menschen umzugehen, um ihnen Wahrheiten zu entlocken, suchte vergeblich seinesgleichen. Olli konnte sich ähnlich wie Sascha gut in die Täter hineinversetzen. Unser Senior bewahrte immer einen kühlen Kopf. Er nahm die Rolle der Mutti ein und passte auf uns auf. Irgendwie hielt er uns zusammen.

Wir arbeiteten perfekt zusammen und ergänzten uns, doch kaum fehlte einer, lief es nicht mehr rund. Jeder spürte, dass ein kleines Zahnrädchen im Getriebe fehlte. Vielleicht hatten wir einen Rhythmus gefunden und schafften es, koordiniert zu handeln, aber es fiel uns schwer. Normalerweise lief Sascha voraus, tief in Gedanken und auf der Spur des Täters. Wir folgten, stets bemüht, seine Konzentration nicht zu gefährden.

Deswegen kam es manchmal vor, dass wir ratlos vor dem Tatort standen und einige Zeit brauchten, ehe wir handelten. Wir warteten, dass unser Chef aus seinem Wagen stieg und uns anleitete.

Auch jetzt schien es sich ähnlich abzuspielen. Wir hatten uns vor dem Absperrband versammelt und blickten einander unschlüssig an, bis Maya auflachte.»Es wird Zeit, dass Sascha zurückkommt.«

Oliver seufzte.»Damit hast du wohl recht. Aber er ist nicht hier. Lasst uns den Mist hinter uns bringen, damit wir nach Hause können.«

Wir nickten ihm zu, dann gingen wir auf die Absperrung zu.

Ein junger Mann in Uniform, mit blondem Haar und hellen, blauen Augen, musterte uns und näherte sich uns.»Eure Ausweise, bitte.«

Verwundert musterten wir den übereifrigen Beamten, zeigten ihm aber ohne Murren und mit einem Schmunzeln im Gesicht unsere Dienstausweise.

Als er unsere Namen las und erkannte, dass wir von der Spezialeinheit kamen, fuhr er sich fahrig durch die Haare.»Es tut mir leid, ich bin neu im Team. Markus … nennt mich Markus.«

»Schön, dich kennenzulernen, Markus. Du scheinst schon von uns gehört zu haben.«

Der Angesprochene nickte.»Jeder kennt euch. Eure Aufklärungsrate ist legendär!«

»Wo hat sich eigentlich Stefan versteckt?«, fragte Olli, der vom Thema ablenken wollte.

»Der hat Urlaub.«

»Mhm, der Glückliche. Was liegt vor?«, stellte ich die Frage, die sonst Sascha aussprach.

Markus schien blasser geworden zu sein. »Das Opfer heißt Natalie Bender, dreiundzwanzig Jahre alt. Als vermisst ist sie nicht gemeldet worden. Sie sitzt auf der Schaukel und wurde dort drapiert. Sieht gruselig aus. Gefunden wurde sie vom Hausmeister bei seiner abendlichen Runde. Es handelt sich um eine Privatstraße.«

»Danke, wir schauen uns dann mal um. Wurde schon der Gerichtsmediziner gerufen?«

Der Streifenpolizist nickte. »Doktor Farrish ist auf dem Weg.«

Ich bedankte mich noch einmal, dann traten wir an ihm vorbei. Schade, dass Martin diesen Fall nicht betreute. Er war nicht nur kompetent als Mediziner, sondern hatte stets einen Witz auf Lager. Doktor Farhat Farrish wusste zwar, was er tat, doch er war schweigsam und distanziert. Das hatte auf mich den Anschein, als würde er sich als etwas Besseres fühlen, und es erschwerte auch insgesamt die Arbeit mit ihm. Aber wir würden das Beste daraus machen und den Täter hoffentlich schnell finden.

KAPITEL 3

~ Anna ~

Als Anna das nächste Mal die Augen öffnete, fühlte sie sich nicht gut. Ihr war schlecht und sie konnte sich an nichts erinnern. Dazu kam, dass um sie herum totale Finsternis herrschte.

Was war nur geschehen?

Sie fröstelte. Ihre Kleidung fühlte sich klamm an, als säße sie in einem feuchten Keller.

Wenn sie nur wüsste, wo sie sich befand.

Die Panik ließ ihre Muskeln erstarren, und sie atmete flach. Seit sie denken konnte, fühlte sie sich in der Dunkelheit unwohl. Wie ein Dämon lauerte sie vor ihr, als wolle sie sie überfallen und in die Knie zwingen. Sie musste weg. Raus. Die Finsternis um sie herum konnte nichts Gutes bedeuten. Aber ihre Arme und Beine gehorchten ihr noch immer nicht. Übelkeit überkam sie vor lauter Aufregung, ließ sie nicht mehr klar denken.

Was sollte sie nur machen?

Atme, Anna, ermahnte sie sich, *du musst einen ruhigen Rhythmus finden und dich beruhigen. Du bist stark und weißt, dass die Dunkelheit dir nichts anhaben kann. Es gibt keine Dämonen, die ihre Krallen nach dir ausstrecken und dich in die Hölle hinabziehen.*

Wie ein Mantra redete sie sich ein, dass sie es schaffen konnte, zu fliehen, und spürte, wie sich ihre Atmung beruhigte und ihre Muskeln ihr wieder gehorchten. Vorsichtig richtete sie ihren Oberkörper auf, erwartete, dass der Schwindel sie überwältigen würde. Erst als sie sich einigermaßen sicher fühlte, begann sie, ihre Umgebung abzutasten. Zuerst fand sie nichts, doch dann erfühlte sie eine Wand aus groben Steinen. An der richtete sie sich auf, kämpfte sich mühsam auf ihre wackeligen Beine, die ihr nicht richtig gehorchten. Sie tastete sich am Mauerwerk entlang. Schritt für Schritt ging sie vorwärts, bis sie stolperte und hart auf dem Boden aufschlug. Anna ächzte vor Schmerzen.

Worüber war sie gestolpert?

Sie tastete ihre Umgebung ab und spürte etwas Kaltes. Einerseits fühlte es sich an wie Haut und Kleidung, andererseits irgendwie auch nicht. Es war steif und wirkte an ihren Fingerspitzen irgendwie rau.

»Hallo?«, wisperte sie, bekam aber keine Antwort. »Ist hier jemand?«

Ihre Finger fuhren über das Objekt, über das sie gestolpert war. Als sie eine Hand ertastete, war sie sich sicher, dass es sich um einen Menschen handeln musste. Ihre Hände glitten den Arm entlang bis zur Schulter und dann zum Hals, fühlten nach dem Puls.

Nichts.

Tot.

Eindeutig tot.

Unbarmherzig drangen die Gedanken zu ihr durch, verteilten sich wie Gift und ließen sie wieder erstarren. Sie spürte, wie ihr Körper anfing, zu zittern.

Das war eindeutig eine Leiche!

Ihr Puls beschleunigte sich, während ihre Atmung stoßweise ging. Dann schrie sie, solange, bis ihr Hals kratzte und ihre Stimme versagte.

Vor lauter Angst kroch sie rückwärts, schürfte sich die Knie auf, bis sie mit dem Rücken hart gegen eine Wand stieß. Der unerwartete Aufprall presste ihr die Luft aus den Lungen. Ein ersticktes Schluchzen entwich ihrer wunden Kehle, und Tränen brannten in ihren Augen. Würde sie auch in der Finsternis sterben? Aber sie war noch viel zu jung dafür! Sie hatte nicht einmal ihr Studium abgeschlossen. Wieso musste das ausgerechnet ihr geschehen?

Ein Klappern riss sie aus ihren Gedanken. Anna kauerte sich zusammen, machte sich klein, als eine Tür geöffnet wurde und Licht sie dazu zwang, ihre Augenlider fest zusammenzupressen. Sie blinzelte, doch bevor sie etwas erkennen konnte, knallte die Tür wieder ins Schloss. Lediglich der Lichtschein einer kleinen Laterne erhellte die Dunkelheit, ließ sie aber nicht viel sehen.

Schwere Schritte kamen auf sie zu, während eine Hand in ihre verfilzten Haare griff und daran zerrte. Sie wimmerte vor Schmerzen.

»Wieso kannst du nicht deine Schnauze halten?«, fuhr sie eine tiefe Stimme an.

Anna konnte nicht antworten, schluchzte lediglich laut auf. Ein Brennen durchfuhr ihre Wange, als die Hand des Mannes laut in ihr Gesicht klatschte. Die Wucht des Schlags warf Anna um. Sie schrie heiser auf.

Der Mann grunzte amüsiert, während er sich hinkniete. Annas Augen hatten sich mittlerweile an das dämmernde Licht gewöhnt, und sie starrte auf dunkle Lederstiefel. Als sie ihren Kopf heben wollte, um ihren Peiniger zu erkennen, packte der erneut ihre Haare und drückte ihren Kopf hart auf den Boden. Der unebene Stein schnitt in ihre Haut.

»Warum … warum machen Sie das mit mir? Bitte, lassen Sie mich gehen!«, winselte Anna.

Der Mann lachte. »Aber, aber, kleine Schlampe! Du hast gesündigt und dich der Wollust hingegeben. Die werde ich dir erst austreiben, bevor du gehen darfst. Beichte, dann lasse ich Gnade walten.«

»Ich habe nichts getan«, wimmerte Anna, die die Worte des Mannes nicht verstand.

Der Peiniger seufzte genervt. »Dann helfe ich dir auf die Sprünge. Du verkaufst dich an deinen Chef, um im Job aufzusteigen. An den Wochenenden triffst du dich mit unzähligen Männern und entweihst deinen Körper, anstatt dich für den Richtigen aufzusparen. Das ist widerlich!«

»Nein … nein, ich habe nichts getan!«

Der Mann knurrte, dann ließ er ihre Haare los. Zuerst dachte Anna, dass er ihr glaubte und sie gehen lassen würde, doch dann schob er ihren schwarzen Rock nach oben und riss ihren Slip hinunter. Anna versuchte, sich aufzurichten und von dem Mann wegzurobben – auf die Tür zu und hinaus in die Freiheit. Doch sie kam nicht weit. Ein Tritt traf hart ihre Seite, woraufhin sie sich vor Schmerzen zusammenkrümmte. Daraufhin drückte sie das Gewicht des Mannes auf den Boden.

»Na, na, kleine Schlampe! Es gibt kein Entkommen für dich. Du musst deine Sünde akzeptieren und Gott um Vergebung bitten. Wenn er dir verzeiht, überlebst du. Wenn nicht, dann …« Er sprach seinen Satz nicht zu Ende, musste er aber auch nicht.

Anna schluchzte lediglich, wusste nicht, was sie erwidern sollte. Der Kerl war ein Psychopath, der ihr keinen Glauben schenken würde. Ihre einzige Chance bestand darin, zu kooperieren, wenn sie überleben wollte. Vielleicht ließ er sie dann in Ruhe? Immerhin sprach er von irgendwelchen Sünden.

Sanft fuhr er die Konturen ihres Rückens entlang – eine Geste, die nicht zu ihm zu passen schien. Dann hörte sie einen Reißverschluss, und das Gewicht seines Körpers verschwand. Glaubte er ihr vielleicht doch? Würde er sie in Ruhe lassen? Stoff raschelte hinter ihr, während sie still auf dem Boden liegen blieb. Sie wollte den Kerl nicht verärgern, traute sich kaum, zu atmen.

Doch dann spürte sie, wie er sich hinter sie kniete, sie auf die Knie hob, ihre Beine spreizte und gewaltsam in sie eindrang …

KAPITEL 4

~ Sarah ~

Der Sand knirschte unter unseren Füßen. Eigentlich gefiel es mir gar nicht, dass wir über Beweismaterial liefen, doch von den Fußabdrücken unseres Täters war sowieso nichts mehr zu erkennen. Wir befanden uns auf einem öffentlichen Spielplatz, hier waren viel zu viele Menschen entlanggelaufen. Ein kluger Täter – und das waren die, die man nicht auf frischer Tat ertappte – wusste, wie er seine Spuren verwischen konnte. Hier liefen täglich Kinder mit ihren Eltern entlang, sodass wir keine verwertbaren Spuren sicherstellen würden.

»Was uns wohl erwartet?«, fragte Maya gepresst.

»Ich weiß es nicht. Hoffentlich nichts Schlimmes«, erwiderte ich und zuckte mit den Schultern.

Sobald wir die Leiche sahen, atmeten wir beinah erleichtert auf. Sie saß auf der Schaukel, war bekleidet und um sie herum hatte sich keine Blutpfütze gebildet. Wir wussten nie, was wir zu sehen bekommen würden, bis wir vor Ort waren, da unserer Einheit die härtesten Fälle zugeteilt wurden. Damit hatte sich meine Hoffnung, dass es nichts Schlimmes geben würde, eigentlich im Vorfeld in Luft aufgelöst.

Neben der Frau stand ein schlanker, groß gewachsener

Mann mit langem Haar, das ihm weit über den Rücken fiel. Er hatte ernste, konzentrierte Gesichtszüge, während seine Augen die Tote emotionslos musterten. Als er uns bemerkte, sah er auf. »Da seid ihr ja endlich!«

In meiner Verwunderung musste ich mir einen bissigen Kommentar verkneifen. »Wer sind Sie?«

»Felix Winter, Hauptkommissar aus Frankfurt. Ich werde Ihr Team führen, solange Herr Baumann abwesend ist.«

Einerseits kam mir das gelegen, andererseits mochte ich ihn ganz einfach nicht. Er hatte etwas Unsympathisches an sich. Ja, ich hatte meinen Chef um Hilfe bitten wollen und freute mich über Entlastung, aber dieser Kerl schien so kalt wie ein Eisblock zu sein. »Ich bin Sarah, das sind Maya, Oliver und Julian.«

Er nickte. »Ich weiß.«

Kurz atmete ich durch und versuchte, ruhig zu bleiben.

»Gut, was haben wir hier?«

Meine Kollegen und ich zogen uns Gummihandschuhe über und gingen um die Leiche herum und betrachteten die junge Frau, die ein feines Kostüm trug. Das, was uns jedoch am meisten verstörte, war das Fehlen ihres Haares. Lediglich einige dunkle Büschel standen noch auf der roten Kopfhaut. Ihr Gesicht trug eine dicke Schicht Theaterschminke, die es grotesk verunstaltete.

»Das arme Mädchen«, sagte Olli. »Scheinbar hat er ihr die Haare rausgerissen.«

»Es sieht furchtbar aus. Woran ist sie wohl gestorben?«

Maya ließ ihren Blick über die Tote wandern.

Ich wollte nicht wissen, welche Qualen sie hatte erleiden müssen. Die Bluse des Kostüms war schräg zugeknöpft, der Körper wirkte steif. Ihren Hals zierten leichte blaue Flecke, die ein kunstvolles Bild ergaben. »Ich vermute, dass sie erwürgt wurde. Seht ihr die Schatten an ihrer Kehle? Außerdem stimmt etwas mit ihrem Oberteil nicht.«

»Sie haben tatsächlich das feine Auge, das man Ihnen nachsagt, Sarah. Die Blutergüsse hatte ich auch gesehen und stimme Ihrer Theorie zu. Woran sie tatsächlich gestorben ist, wird uns der Gerichtsmediziner sagen.«

»Wir sind nicht umsonst das beste Team in Köln«, mischte sich Maya ein, in deren Stimme Stolz mitschwang. »Wir wissen, was wir hier machen.«

Felix sah meine Kollegin nur an, sagte aber nichts.

»Was machen wir jetzt?«, wollte ich wissen.

»Wir warten auf den Gerichtsmediziner.«

Verdutzt sah ich meinen neuen Chef an. »Das ist nicht Ihr Ernst?«

Ohne eine Emotion erwiderte er meinen Blick. »Sehe ich aus, als würde ich scherzen?«

»Aber es kann dauern, bis Doktor Farrish hier ist!« Mein Protest stieß auf taube Ohren.

»Das mag sein, Sarah, aber ich möchte dem Gerichtsmediziner nicht die Arbeit erschweren. Sie müssen sich also noch ein wenig gedulden.«

»Wo ist der Zeuge?«, fragte Julian und versuchte, die Situation zu entschärfen. Er kannte mich und wusste, dass ich mir ungern etwas sagen ließ.

»Der wird von den Kollegen der Streife befragt.«

Am liebsten hätte ich den Kerl geschüttelt, um ihm eine Emotion zu entlocken, doch Julians sanfter Blick half mir, mich zurückzuhalten.

»Ist es okay, wenn ich dort hingehe? Ich bin denen gewiss eine größere Hilfe als euch hier.« Julian fuhr sich durch seine wuscheligen Haare, brachte dadurch noch mehr Unordnung hinein. Vor allem, weil sie sich durch die Gummihandschuhe aufluden.

Felix zuckte mit den Schultern. »Gehen Sie.«

Damit verließ Julian uns, während wir weiterhin neben der toten Frau standen und Däumchen drehten. Unschlüssig wechselten wir Blicke. Dieses passive Herumstehen kannten wir nicht. Das war neu für uns.

»Sie ist hübsch«, warf Maya ein. »Wenn man sich die Schminke wegdenkt, erkennt man es. Sie hat feine Gesichtszüge. Die Kleidung, die sie trägt, wirkt edel.«

»Worauf wollen Sie hinaus?« Interesse blitzte in Felix' Augen auf. Immerhin etwas, das in die Richtung einer Emotion ging.

Maya kratzte sich am Kopf. »Sie wirkt perfekt, wenn man von dem verunstalteten Rest absieht.«

Ich nickte. »Das ist mir auch schon aufgefallen. Es wirkt, als wäre penibel darauf geachtet worden, sie zu entstellen. Es scheint alles bis ins kleinste Detail geplant gewesen zu sein. Mit einer Ausnahme: Warum hat der Mörder die Bluse falsch zugeknöpft?«

»Weil er will, dass wir genau darauf stoßen. Er möchte mit uns spielen, will, dass wir ihn jagen. Der Täter fühlt sich sicher, immerhin hat er die Frau mitten auf einem Spielplatz positioniert.« Olli, der sich bis jetzt zurückgehalten hatte, bekam einen aufmerksamen Blick zugeworfen.

»Wo ist Sascha, wenn man ihn braucht?«, rief ich frustriert.

»Sarah, Sie klammern sich zu sehr an Ihren alten Chef. Sie sind ein starkes Team und brauchen ihn nicht.«

Finster wandte ich mich Felix zu. »Was wissen Sie denn schon? Sie tauchen hier einfach auf und halten sich für wahnsinnig toll. Wer sagt, dass wir Sie brauchen?« Ich bereute meine unbedarften Worte gleich wieder, die viel zu schnell über meine Lippen gekommen waren.

Doch Felix lachte. »Touché.«

Ratlos starrte ich den Mann an, der in seine Jackentasche griff und Einweghandschuhe hervorholte. Er zog sie über, dann ging er auf die Tote zu, knöpfte die Bluse auf.

»Sie haben Fotos von der Frau gemacht, oder?«, warf Maya ein.

Felix hielt inne, sah sie mit hochgezogener Augenbraue an. »Halten Sie mich für einen Anfänger?«

Sie schüttelte panisch den Kopf. Unser neuer Chef wandte sich ab, grinste und strich die offene Bluse zur Seite. Voller Entsetzen sogen wir Luft ein, als wir ihre Brust sahen. Eingeritzt in ihre Haut stand dort ein einzelnes Wort:

Superbia

»Was bedeutet das?«, wollte Maya wissen.

»Hochmut, Stolz oder Eitelkeit – eine der sogenannten Todsünden«, flüsterte ich. »Also haben wir es mit einem religiösen Fanatiker zu tun? Das würde zu der Aufmachung passen.« Mir schwante Böses.

Felix nickte. »Davon können wir ausgehen.«

»Dann wird es auch nicht bei einer Toten bleiben«, sagte Oliver. »Das würde nicht zu dem akkuraten Bild passen, das wir hier präsentiert bekommen haben. Ich weiß, dass es zu früh ist, so etwas zu sagen, aber mit den Jahren entwickelt man ein Gespür dafür. Außerdem gibt es sieben Todsünden, richtig? Also wird es sieben Opfer geben, wenn wir ihn nicht vorher aufhalten.«

»Davon gehe ich auch aus. Aber zusammen werden wir den Täter hoffentlich schnell finden.«

Bevor wir Felix antworten konnten, trat ein kleiner, fülliger Mann mit schwarzem Haar auf uns zu.

»Wie ich sehe, waren Sie wieder einmal ungeduldig«, gab der Gerichtsmediziner von sich und schnalzte mit der Zunge.

Felix zuckte mit den Schultern. »Wir müssen auch unsere Arbeit machen, das verstehen Sie doch?«

Ich biss mir auf die Lippe, um nicht etwas einzuwerfen. Viel lieber betrachtete ich das wütende Mienenspiel des Doktors, der sich offensichtlich durch Felix' Worte in seiner Ehre gekränkt fühlte.

»Hören Sie, wer auch immer Sie sind: Wir müssen alle unsere Arbeit machen, und die Toten anzufassen, ist meine Aufgabe. Schnüffeln Sie lieber in der weiteren Umgebung herum oder was auch immer Sie sonst so zu tun haben. Aber finden Sie den Mistkerl, bevor noch mehr Mädchen wie dieses auf meinem Tisch landen.«

Autsch, das tat weh. Das war einer der Gründe, warum wir am liebsten mit Martin zusammenarbeiteten. Er achtete uns und freute sich über unsere Einschätzungen.

Felix seufzte. »Sarah, Maya, Sie suchen die Umgebung nach möglichen Spuren ab. Oliver und ich bleiben hier und helfen dem Doktor.«

Maya und ich gingen davon, auch wenn ich mir die Show gern noch angesehen hätte. Es würde zwischen Doktor Farrish und Felix Winter spannend werden. Beinah beneidete ich Olli, der weiter bei ihnen blieb.

»Wie findest du ihn?«, fragte Maya, als wir außer Hörweite waren.

»Ich weiß es nicht. Er wirkt kalt und emotionslos«, erwiderte ich schulterzuckend.

Meine Kollegin gab einen zustimmenden Laut von sich. »Ja, aber ich glaube, dass eine ganze Menge in ihm steckt, das er zu verbergen versucht. Wer weiß, was er in Frankfurt alles erlebt hat. Trotzdem mag ich ihn nicht.«

Ich schnaubte. »Aber dann verhält man sich doch nicht so! Vor allem, wenn es der erste Tag bei einem neuen Team ist.«

»Vielleicht, aber er ist ja nicht einfach nur ein Kollege. Er ist unser vorläufiger Chef. Das ist keine einfache Situation, Sarah. Wir sind ein eingefleischtes Team und er ein Fremdkörper. Er muss uns erst einmal beweisen, dass er in unser Team passt. Wir müssen ihm eine Chance geben – ob wir wollen oder nicht. Ansonsten macht er uns die Zeit zur Hölle.«

»Was für weise Worte«, neckte ich meine Kollegin. »Aber ja, du hast recht. Ich war einfach überrumpelt.«

»Und du musstest dein Revier markieren. Schon verstanden. Dann lass uns mal loslegen und den Täter jagen.«

Ich nickte, dann machten wir uns an die Arbeit.

KAPITEL 5

~ Sascha ~

Am nächsten Morgen wachte ich mit Kopfschmerzen auf. Ich sollte mein Leben wirklich in den Griff bekommen. Dafür würde ich erst einmal zu der Psychologin gehen müssen. Ich würde meine Angst hinter mir lassen und meinen Stolz zurückstecken müssen. Mein Wohlbefinden wieder herzustellen, war ihr Job. Also sollte ich ihr eine Chance geben.

Müde rieb ich mir über die Augen, dann warf ich einen Blick auf meinen Wecker: acht Uhr. Ich würde mich gemütlich fertig machen, bevor ich zum Revier fuhr.

Gesagt, getan. Keine Stunde später saß ich in meinem Auto, atmete tief durch, um Kraft zu fassen. Der Job war immer mein Leben gewesen – wieso sollte ich ihn jetzt aufgeben? Wurde es nicht Zeit, zu meiner Familie zurückzukehren? Denn genau das waren meine Kollegen für mich. Eine große Familie.

Sobald ich in die Tiefgarage fuhr, verließ mich jedoch der Mut. Die Erinnerungen und Selbstzweifel überfielen mich und vernebelten meine Gedanken. Ich hatte versagt und die gerechte Strafe bekommen. Die Narben in meinem Gesicht bewiesen es doch. Bestimmt würde ich wieder und wieder alles falsch machen. Mein Gespür hatte mich verlassen.

Mein Puls beschleunigte sich, und ich begann, zu schwitzen.

Meine Hände zitterten, während mich die Panik fest im Griff hielt. Mich flacher atmen ließ. Ich lehnte meinen Kopf gegen das Lenkrad und versuchte, meine Atmung zu beruhigen, die Angst niederzuringen, die mich fest in ihren Klauen hielt. Bemühte mich, tief zu atmen, doch stattdessen hatte ich das Gefühl, zu hyperventilieren.

Die Beifahrertür öffnete sich, doch ich war nicht fähig, aufzublicken. Viel zu sehr kämpfte ich mit meiner Fassung, meinen Gedanken und meinem Körper, die mir nicht gehorchen wollten. Sanft legte sich eine Hand auf meinen Rücken, zog dort kleine Kreise und wollte mich ins Hier und Jetzt zurückholen. Meine Ängste vertreiben.

»Pscht, atme tief ein und aus, Sascha.« Eine ruhige, weibliche Stimme sprach zu mir, die mir bekannt vorkam, ich aber gerade nicht zuordnen konnte.

Ich versuchte, zu folgen, konzentrierte mich darauf, tief ein- und auszuatmen. Nur mit Hilfe der sanften Stimme neben mir beruhigte ich mich, bis lediglich ein leichtes Zittern zurückblieb. Erschöpft öffnete ich die Augen und sah in Sarahs besorgte Miene.

»Geht es wieder?« Sie lächelte mir aufmunternd zu.

Ich nickte. »Denke schon.«

»Was machst du hier?«, wollte sie wissen.

Ich presste meine Lippen aufeinander und bemühte mich um ein schiefes Grinsen. »Wollte zur Psychologin, damit ich wieder arbeiten kann. Aber das scheint wohl keine gute Idee gewesen zu sein. Anscheinend bin ich nicht mehr diensttauglich.«

Sarah schnalzte mit der Zunge und blickte mir finster entgegen. »Hör auf, so etwas Dummes zu sagen. Selbstmitleid steht dir nicht. Du hast viel durchgemacht und musst damit erst einmal zurechtkommen. Hierherzufahren ist der erste Schritt. Du solltest stolz auf dich sein, anstatt dir Vorwürfe zu machen.«

»Fühlt sich aber nicht so an.« Beschämt senkte ich meinen Blick.

Sarah berührte sanft meine Schulter. Der böse Ausdruck war aus ihrem Gesicht verschwunden. »Was hier geschehen ist, wird niemand erfahren, Sascha. Du weißt, dass ich schweigen kann. Schau nach vorn. Du fehlst uns allen, und wir stehen nach wie vor hinter dir. Wir brauchen dich genauso sehr wie du uns.«

Ein warmes Gefühl breitete sich in meinem Brustkorb aus. »Danke, dass ich auf dich zählen kann. Dass ich auf euch zählen kann. Jetzt sollte ich mal los, ansonsten wird das nichts mehr.«

Sie lächelte mir zu, und gemeinsam stiegen wir aus.

»Ich begleite dich noch ein Stück«, meinte sie.

Ich lachte. »Ist wohl der gleiche Weg. Was habe ich in meiner Abwesenheit verpasst?«

Sie seufzte. »Nicht allzu viel außer einem riesigen Stapel Akten. Ich weiß nicht, wie du das machst. Wie schaffst du es, uns zu koordinieren, zu ermitteln und die Akten zu sortieren?«

Begleitet von einem breiten Grinsen zuckte ich mit den Schultern. »Ich habe ein wenig Übung darin.«

Während wir über meinen Scherz lachten, ließen wir die Tiefgarage hinter uns. Das fühlte sich gut an, irgendwie vertraut.

»Es war bis gestern Abend ruhig. Wir wollten gerade Feierabend machen, da kam ein Anruf rein, dass eine Leiche gefunden wurde.«

»Wie laufen die Ermittlungen?«, fragte ich und fiel in meinen gewohnten Rhythmus.

»Ganz gut. Es ist ungewohnt ohne dich, und wir warten immer, dass du uns anweist. Du fehlst uns. Aber Bachmann hat uns jemanden zugewiesen, der uns unterstützen soll. Felix Winter heißt er. Ein komischer Kauz.«

Für einen Moment schwieg ich. Es schien, als würde man mich zwar vermissen, aber nicht unbedingt brauchen. Irgendwie ging das Leben weiter, auch wenn ich stehen geblieben war. »Wieso komisch?«

Sie rollte mit den Augen. »Er wirkt so kalt und emotionslos, irgendwie abgebrüht.«

Ein erneutes Lachen drang aus meiner Kehle. »Scheint, als wärt ihr in guten Händen. Macht er seine Arbeit gut?«

Sie zuckte mit den Schultern. »Er wirkt kompetent, aber ihm fehlt deine Gabe. Wir werden deutlich länger an dem Fall sitzen als sonst mit dir.«

»Schleimerin«, neckte ich sie. »Erzähl mir von dem Fall.«

Sie schüttelte den Kopf. »Du bist und bleibst Polizist.«

»Irgendwie muss ich mich doch von der Leere in mir ablenken.« Ich zuckte mit den Schultern. Über einen Fall zu reden, tat mir wirklich gut. Beinahe glaubte ich, wieder der Alte werden zu können. »Außerdem lässt sich so ein Verhalten schlecht abstellen. Es ist zu einer Routine geworden.«

Sarah lächelte. »Wir haben die Frau gestern auf dem Spielplatz in der Hunsrückstraße gefunden.«

Ich sog die Luft scharf ein. »Das ist gleich bei mir um die Ecke.«

Meine Kollegin nickte. Mittlerweile waren wir am Fahrstuhl angekommen. »Ich weiß. Aber sie wurde dort nur platziert. Die ganze Situation war merkwürdig. Das Opfer trug zwar feine Kleidung, aber das war das einzig Normale. Ihr Gesicht war mit Theaterschminke verunstaltet, und ihre Haare schienen Büschelweise ausgerissen worden zu sein. Sie wurde sehr wahrscheinlich erwürgt, und bei all den Schmerzen, die sie erleiden musste, war das wohl eine Erlösung. Wir sollten gleich die Ergebnisse der Obduktion bekommen und dann Genaueres erfahren. Außerdem stand auf ihrer Brust das Wort ›Superbia‹.«

»Eine der sieben Todsünden. Es wird Zeit, dass ich schnell zurück in den Dienst komme. Der Fall wird heftig.«

Sarah fasste mich an beiden Schultern. »Das haben wir uns auch gedacht. Es würde uns allen gut tun, dich wieder im Team zu haben, Sascha. Aber du musst erst einmal an dich denken. Versprich mir das. Lass dir Zeit und komm nur dann wieder, wenn es dir wirklich gut geht.«

Ich nickte, dann stiegen wir in den Aufzug. Es brannte mir tatsächlich in den Fingern, meinem Team zu helfen. Doch würde ich es durchhalten? Vor wenigen Minuten war eine Panikattacke über mich hinweggefegt, und ich hatte an mir gezweifelt. Konnte man das diensttauglich nennen? Wohl kaum. Außerdem wusste ich nicht einmal, ob meine Gabe nicht einfach verschwunden war. Immerhin hatte sie mich bei Ghost im Stich gelassen.

Die Selbstzweifel, die ich durch das Gespräch mit Sarah gut hatte verdrängen können, holten mich wieder ein und ließen das Zittern in meiner Hand erneut aufleben, während der

Fahrstuhl seine Fahrt abbremste. Im dritten Stock fuhren die Aufzugtüren auseinander, und ich stieg aus. »Ich verspreche es dir, Sarah. Ich möchte bald wieder arbeiten.«

Sie lächelte mir aufmunternd zu, auch wenn ihr das Zittern meiner Hände nicht entgangen war. »Dann schaffst du es auch, Sascha. Wir glauben an dich.«

Dann fuhren die Türen wieder zu, und es schien, als hätten sie all meinen Mut mit sich genommen. Wie erstarrt stand ich im Gang, unschlüssig, etwas zu tun. So sehr ich meine Beine gern dazu gezwungen hätte, sie bewegten sich nicht. Wohin war mein Optimismus verschwunden?

Ich spürte, wie sich alles in mir zusammenzog, wie alles danach schrie, wegzulaufen. Je mehr ich dagegen ankämpfte, umso stärker wurde der Drang, zu fliehen. Deswegen wandte ich mich um und drückte mehrmals nacheinander den Knopf für den Fahrstuhl, in der Hoffnung, dass er dadurch schneller käme.

Weg …

Einfach nur weg!

Es dauerte gefühlte Stunden, bis ein erneutes Klingeln ertönte, gefolgt von einem Zischen, das die Ankunft des Aufzugs ankündigte.

Als die Türen auseinanderglitten, trat Frau Bierst aus dem Fahrstuhl. »Herr Baumann! Wie schön, Sie zu sehen. Haben wir einen Termin?«

Noch immer ging meine Atmung zu schnell, und ich kämpfte gegen den Drang an, in die Kabine zu springen und davonzulaufen. Ich war unfähig, der Psychologin zu antworten, weil meine Angst mich fest im Griff hatte und meine Fluchtinstinkte anheizte.

Doch Frau Biersts Auftauchen warf meine Pläne über den Haufen, ich kämpfte mich zur Ruhe. Ihr Blick zwang mich dazu, zu bleiben, nahm mir meine Entscheidung ab. Ich schüttelte den Kopf. »Nein, haben wir nicht. Ich … ich musste raus. Zu Hause fällt mir die Decke auf den Kopf.« Sie nickte wissend. »Es ist gut, dass Sie zu mir gekommen sind. Zufälligerweise habe ich gerade Zeit. Kommen Sie mit.«

Nach einem letzten, sehnsüchtigen Blick in Richtung Fahrstuhl folgte ich meiner Psychologin, die sich für mich Zeit nahm. Sie wäre ja nicht in der Frühe ins Büro gekommen, wenn sie nichts zu tun gehabt hätte. Warum auch? Wahrscheinlich bereitete sie irgendwelche Sitzungen vor. Aber es freute mich, dass sie mich nicht abwies, wenn ich schon so offensichtlich mit meiner Fassung rang. Vielleicht hatte ich ihr wirklich unrecht getan? Wahrscheinlich war sie gar nicht so böse, wie ich vermutet hatte.

Am Ende des Ganges schloss sie ein geräumiges Büro auf. In der hinteren Ecke stand ein großer Schreibtisch, gesäumt von mehreren Regalen, die vor lauter Akten überquollen. Den vorderen Bereich nahm eine Sitzgruppe aus mehreren schwarzen Ledersesseln ein, in dessen Mitte ein Glastisch mit einer Blumenvase und Papiertaschentüchern stand.

Frau Bierst – eine füllige, hoch gewachsene Frau mit Brille und hübschem, herzförmigem Gesicht – deutete mir, Platz zu nehmen. Sie stellte ihre Tasche neben den Schreibtisch und griff nach einem Notizblock, bevor sie sich mir gegenüber hinsetzte.

»Wie geht es Ihnen?« Sie musterte mich aufmerksam und durchdringend. Fast schien es, als würde sie durch mich hindurchschauen.

Ich zuckte mit den Schultern, während ich unbehaglich auf dem Sessel herumrutschte. »Ganz gut, denke ich.«

Sie schien mit meiner Antwort nicht zufrieden zu sein und zog ihre Augenbrauen zusammen. Nur ganz leicht, doch einem geschulten Ermittler entging so etwas nicht. »Sie müssen sich schon deutlicher ausdrücken, sonst kann ich Ihnen nicht helfen.«

In dem nach hinten geneigtem Sessel lehnte ich mich wie von selbst zurück und begann, zu erzählen: »Ich lebe von Tag zu Tag und weiß nicht, was ich machen soll. Es gibt Tage, da strotze ich vor Tatendrang, und andere, an denen ich mich nicht aus dem Bett bewege. Ist es das, was Sie hören möchten? Dass ich auf ganzer Linie versagt habe?«

Sie überging meinen zynischen Ton. »Nein, ich möchte, dass Sie sich mit Ihrer Vergangenheit auseinandersetzen. Vielleicht beginnen Sie damit, erst einmal zu erzählen, was Ihnen geschehen ist.«

Verwundert musterte ich die Frau, die eigentlich wissen sollte, was passiert war. Zögerlich rollte ich den letzten Fall auf und spürte, wie er alles aufwühlte. Die Scham, versagt zu haben, drängte sich in den Vordergrund und überspielte beinahe die Angst und die Trauer, wichtige Menschen verloren zu haben. Als ich mit meiner Erzählung geendet hatte, bemerkte ich, dass ich am ganzen Leib zitterte. Trotz der wirren Gefühle fühlte ich mich seltsamerweise ein wenig erleichtert.

»Was Sie erlebt haben, ist kein Zuckerschlecken. Es braucht Zeit, bis Sie es verarbeitet haben, und hierherzukommen ist der erste Schritt in die richtige Richtung.« Frau Bierst schien mein irritiertes Inneres zu spüren, doch damit traf sie einen wunden Punkt, der meine Wut anfachte.

»Was wissen Sie schon darüber, wie es mir geht? Haben Sie dem Tod ins Auge geblickt? Wurden Sie von einem Menschen verraten, der Ihnen viel bedeutete? Sie sitzen in Ihrem Büro und beurteilen unsere Tauglichkeit. Was wissen Sie vom wahren Leben? Ihre tollen Bücher können das schlecht zusammenfassen.« Wut rauschte durch meine Adern. Wie oft musste ich noch hören, dass ich Zeit brauchte, um die schlimmen Dinge zu verarbeiten? Ich ertrug es nicht mehr. Das machte mich rasend.

Sie musterte mich eindringlich, schien abzuwägen, was sie erwidern sollte. »Dem Tod habe ich nicht ins Auge gesehen, aber ich weiß trotzdem, wovon ich rede. Glauben Sie mir.«

»Es war ein Fehler, hierherzukommen.« Ich stand auf, doch Frau Bierst griff nach meinem Handgelenk.

»Gehen Sie nicht, Herr Baumann. Sie sind wütend, und das kann ich verstehen. Was geht in Ihnen vor?«

Ich atmete tief durch, um meine Beherrschung zurückzugewinnen. Glücklicherweise ließ sie mich los. »Ich weiß, dass ich Schweres durchgemacht habe, aber es mir vorzuhalten, verärgert mich nur. Es ändert nichts daran, dass ich …«

»Sprechen Sie es aus.«

Fest presste ich meine Lippen aufeinander. Ich mochte meine Psychologin nicht und wollte nicht noch mehr Schwäche vor ihr eingestehen. Doch irgendwie war mir klar, dass ich, wenn ich wieder arbeiten wollte, alle Karten auf den Tisch legen musste. Wie sehr ich dieses Gefühl verachtete. »Ich habe versagt, okay? Mein Instinkt hat mir gesagt, wer Ghost war, aber ich habe mich blenden lassen. Ich wollte es nicht hören. Mein Spürsinn hat mich im Stich gelassen, als ich ihn am meisten gebraucht habe. Ich wurde an der Nase herumgeführt und gedemütigt. Beinahe wäre ich deswegen gestorben und ich habe nichts dagegen ausrichten können.«

Es erleichterte mich, die Worte laut auszusprechen. Mit jeder Silbe verrauchte meine Wut.

»Irren ist menschlich, Herr Baumann«, sagte meine Psychologin und lächelte zufrieden.

»Aber wenn ich nicht so blind gewesen wäre, hätte ich Jana und die anderen Frauen retten können. Dann wäre ich nicht in dieser Position und würde nicht bei jedem Blick in den Spiegel an *sie* erinnert werden.«

Sie schüttelte den Kopf. »Erst unsere Taten und das Erlebte machen uns zu den Menschen, die wir sind. Schämen Sie sich nicht für Ihr angebliches Versagen. Akzeptieren Sie es und wachsen Sie daran.«

Es klopfte an der Tür, sie ging auf und eine junge Frau mit dunklem Haar steckte den Kopf ins Zimmer. »Oh, entschuldigen Sie, ich …«

Wieder wirkte die Psychologin freundlich. »Kein Problem. Geben Sie mir noch einen Moment, dann habe ich für Sie Zeit.«

Die Frau nickte und schloss anschließend die Tür hinter sich.

»Unsere Zeit ist leider um. Trotzdem möchte ich noch wissen, ob Sie weiterhin an Panikattacken leiden.«

Ich seufzte. »Manchmal.«

Sie presste die Lippen aufeinander, ein Zeichen, dass sie nachdachte. »Denken Sie in diesen Momenten daran, dass Sie nicht versagt haben und irren menschlich ist. Sie müssen aus diesen Situationen Kraft und keine Schwäche schöpfen. Ich weiß, dass Sie das schaffen. Sie sind stärker, als Sie glauben. Kommen Sie morgen früh zur selben Zeit wieder hierher. Sie sind auf dem richtigen Weg.«

Frau Bierst erhob sich und zeigte mir, dass unsere Sitzung hiermit geschlossen war. Ich nickte und folgte.

»Stellen Sie sich Ihren Schatten. Besuchen Sie sie.« Nachdem sie mich zur Tür gebracht hatte, verabschiedete sie sich mit einem festen Händedruck von mir, bevor sie sich der anderen Frau zuwandte. Die saß zusammengekauert auf dem Sessel vor dem Büro und kaute auf ihren Fingernägeln, schien in ihrer eigenen Welt gefangen zu sein. Sie trug eine blaue Bluse und einen schwarzen Rock, der ihren kleinen und zierlichen Körper in seinen perfekten Rundungen betonte.

Dann erst drangen ihre letzten Worte zu mir durch. Sollte ich demnach Ghost besuchen und mich meiner Vergangenheit stellen? Ob das der richtige Weg war? Man sagte, dass man das Übel beim Schopf packen solle, um es auszumerzen. Als ich mich protestierend umwandte, fiel die Tür meiner Psychologin ins Schloss. Ihren Vorschlag anzweifeln konnte ich also nicht, aber hatte sie unrecht? Johannes hatte gesagt, dass ich der Psychologin eine Chance geben solle. Vielleicht sollte ich tatsächlich bei *ihr* vorbeifahren.

Ich atmete tief durch, dann wandte ich mich ab, um mein Team zu besuchen, fuhr mit dem Aufzug zwei Etagen höher und betrat den mir wohlvertrauten Gang. Der Geruch von abgestandener Luft, Kaffee und Papier rief Erinnerungen in mir wach.

Ja, mir fehlte der Job.

Ich ging von Tür zu Tür, doch die Büros schienen verwaist zu sein. Wo waren denn alle? Vielleicht im Besprechungsraum?

Dessen Tür war allerdings geschlossen. Ich klopfte an, und ein tiefes »Herein!« erklang. Die Stimme kannte ich nicht, weswegen ich verwundert die Klinke betätigte und eintrat.

An dem langen Tisch saßen meine Freunde über Stapeln aus Papier gebeugt. Ein Mann mit langem, wuscheligem Haar, das ihm weit über den Rücken fiel, stand an dem Whiteboard. Er hatte ein schmales Gesicht und stahlblaue, kalte Augen. Während mein Team vor Freude aufsprang, verdüsterte sich sein Blick.

»Sascha!«, rief Maya und fiel mir in die Arme. Ich drückte die junge Frau an mich. Julian und Olli klopften mir auf die Schultern, während Sarah mich wissend ansah.

»Du hast uns gefehlt, Junge.« Olli zog mich in seine Arme, als Maya mich losließ.

Ein Räuspern. Doch es wurde im ersten Moment von allen ignoriert. Einerseits freute es mich, andererseits fand ich dieses Verhalten dem Neuen gegenüber nicht fair. Deswegen ging ich auf den Typen zu und streckte ihm meine Hand hin. »Sascha Baumann.«

Der Mann ergriff sie und drückte fest zu. Wir duellierten uns mit Blicken, während unsere begrüßenden Finger einen Machtkampf ausführten. Dann zeichnete sich ein leichtes Lächeln auf seinen Lippen ab. »Felix Winter, erfreut, Sie kennenzulernen.«

»Die Freude ist ganz meinerseits.«

Irgendwie mochte ich den Kerl, der meinen Job in der Zeit meiner Abwesenheit übernommen hatte. Gleichzeitig strahlte er eine Kühle aus, die sich schwer erklären ließ, als ob er etwas verbergen wollte oder sich irgendwie überkorrekt verhalten würde. Nun, der Job als Polizist war nicht einfach, er hinterließ Spuren.

»Chef, wann fängst du wieder an?«, rief Maya und ließ mich zusammenzucken.

Ich wandte mich um und warf ihr einen bösen Blick zu. Wie taktlos – ihr neuer Vorgesetzter stand im Raum, und sie konnte ihn nicht schnell genug loswerden? Mein Ego freute das, aber nett fand ich es nicht. »Weiß noch nicht. Aber im Moment kommt ihr ja gut zurecht.«

Maya senkte beschämt den Blick, als ihr ihr Handeln bewusst wurde. »Entschuldigen Sie, Felix. Das war nichts gegen Sie.«

Der Fremde lachte. »Ich verstehe das schon. Ihr arbeitet schon lange zusammen und habt euch eingespielt. Man merkt sofort, wenn jemand fehlt.«

»Danke für Ihr Verständnis.«

Felix klatschte in die Hände. »Genug Zeit vertrödelt! Wir haben einen Mordfall aufzuklären.«

Ich nickte. »War schön, euch gesehen zu haben, und ich hoffe, bald wieder hier zu sein. Viel Spaß bei der Aufklärung, und tretet dem Schwein von mir gewaltig in den Hintern. Okay?«

Ich winkte in die Runde, dann verließ ich den Besprechungsraum. Es hatte gutgetan, meine Freunde zu sehen, doch es schmerzte, kein Teil dieser eingespielten Runde zu sein. Hoffentlich würde Frau Bierst mich schon bald wieder diensttauglich schreiben, damit ich das machen konnte, was ich am besten konnte: Verbrecher jagen. Außerdem wollte ich wissen, ob meine Fähigkeiten mich erneut im Stich lassen würden.

Der Tag heute hatte mir Mut gegeben. Endlich konnte ich wieder klar sehen und wusste, dass dieser Job immer mein Leben sein würde. Ich musste lediglich die Vergangenheit hinter mir lassen. Dass das nicht einfach werden würde, war mir bewusst. Doch wo ein Wille war, war auch ein Weg.

KAPITEL 6

~ Sarah ~

Es hatte gutgetan, Sascha wohlauf zu sehen. Das Gespräch mit der Psychologin schien positiv verlaufen zu sein, denn er wirkte fröhlich gestimmt und wie ausgewechselt. Als ich ihn heute Morgen in seinem Auto gesehen hatte, war ich zusammengezuckt. Er hatte wie ein Häufchen Elend ohne jeglichen Lebensmut ausgesehen. Wahrscheinlich hatte ihn die vertraute Umgebung überwältigt. Doch im Besprechungsraum war von der zerbrechlichen Art nichts mehr übrig gewesen. Deswegen hoffte ich, dass er bald wieder arbeiten durfte. Das würde ihm helfen.

Aber ich musste meine Sorge beiseiteschieben, denn wir hatten einen Fall zu klären, der verzwickt genug war. Es hatte auf dem Spielplatz keine Spuren gegeben, die wir verwenden konnten. Es war ein öffentlicher Platz, auf dem unglaublich viele Menschen ein- und ausgingen, auch wenn es sich um eine Privatstraße handelte. Fuß- sowie Fingerabdrücke und DNA gab es dort en masse. Doch welche gehörte zu unserem Täter?

»Der Obduktionsbericht liegt vor. Wie Sie bereits vermutet hatten, Sarah, wurde unser Opfer erdrosselt. Die Inschrift wurde ihr post mortem zugefügt. Wir vermuten, dass die Schminke ebenfalls erst dann aufgetragen wurde, weil sie nicht verwischt ist, doch genau wissen können wir das nicht. Sie hatte Erdreste unter ihren Fingernägeln, die ins Labor geschickt wurden. Die Haare wurden ihr ausgerissen, als sie noch lebte. Mehr hat man nicht rausfinden können. Also irgendwie eine Sackgasse.«

Ich seufzte. »Das ist einiges, aber da ist nichts Hilfreiches bei.«

Felix nickte. »Wir können nur die Ergebnisse vom Labor abwarten. Maya, finden Sie bitte mehr über die Tote heraus. Ich möchte alles über sie wissen. Julian, Sie werden mit der Familie des Opfers reden. Oliver, Sie werden ihn begleiten.«

Meine Kollegen verließen den Raum, und ich blieb mit dem Neuen allein zurück. »Was soll ich machen?«

Er musterte mich und überlegte. »Helfen Sie Maya bei der Recherche. Wir brauchen mehr Informationen über die Todsünden.«

Ich nickte und wandte mich ab. An der Tür hielt ich inne. »Wäre es in Ordnung, wenn ich einen kleinen Ausflug mache? Ich würde gern den Pfarrer aus meiner Gemeinde befragen, in der ich aufgewachsen bin. Meine Mutter hat damals viel Wert auf meine katholische Erziehung gelegt.«

Er winkte ab. »Tun Sie, was Sie für nötig halten. Ich denke, dass dieses Team sehr gut allein arbeiten kann, und möchte Sie nicht allzu sehr einschränken.«

»Vielen Dank.«

»Sarah?«

»Ja?«

Er seufzte. »Die Situation ist nicht leicht für mich. Ich habe eben nicht gelogen, als ich behauptet habe, dass ich Maya verstehe. Geben Sie mir bitte eine Chance, damit ich mich beweisen kann. Ich bin genauso wie Sie nur ein Mensch.«

Ich lächelte. »Seien Sie Sie selbst, dann wird das Team Sie auch akzeptieren. Sascha hat uns alle zusammengehalten, und sein Fehlen schmerzt. Das bedeutet aber nicht, dass wir nicht offen für Neues sind.«

»Danke für Ihre ehrlichen Worte.« Er wandte sich von mir ab, dann verließ ich den Raum und machte mich auf den Weg für meine Recherchen.

Wenn man sagte, dass die Welt klein sei, dann stimmte das auch. Ich hatte mich nicht ohne Grund dazu entschieden, in meine alte Gemeinde zu fahren, denn deren Zentrum lag im Bilderstöckchen, keine zehn Minuten Fußweg von unserem Tatort entfernt.

Sankt Franziskus war ein rundes Gebäude aus rotem Backstein und mit dunklem Dach. Im Westen befand sich der Eingang. Der Glockenturm und ein weiterer, kleiner Raum folgten einer runden Bauform.

Ich hatte diesen Ort schon lange nicht mehr besucht. Warum auch? Mir bedeuteten Gott und die Kirche nichts. Außerdem gehörte dieses Kapitel zu meiner Kindheit, mit der ich aus vielen Gründen abgeschlossen hatte.

Als meine Mutter erfahren hatte, dass ich einen Tunesier heiraten würde, hatte sie jede Verbindung zu mir gekappt.

Angeblich hätte ich ihre Weltanschauung mit Füßen getreten. Immerhin war Timo ein Moslem, jemand, der nicht in ihr Bild passte.

Ich schob die Gedanken beiseite. Das war zehn Jahre her und durfte mich nicht belasten. Timos Frau zu werden, war die beste Entscheidung meines Lebens. Ich liebte ihn, und meine Mutter konnte das nicht ändern. Deswegen riss ich mich von dem Anblick der Kirche los und wollte gerade an der Sakristei klingeln, da fiel mir ein alter Mann auf, der mir bekannt vorkam.

»Herr Diefenbach!«

Der Pfarrer wandte sich mir zu. Zuerst schien er verwirrt, dann trat Erkenntnis in seinen Blick. »Sarah, bist du es?«

Ich ging auf den Mann zu, der mir meine strenge Kindheit erleichtert hatte. Seine Gottesdienste hatte er stets kinderfreundlich gestaltet und versucht, uns seine Seite spielerisch darzustellen. Bei mir hatte das zwar nicht funktioniert, aber es hatte die quälenden Stunden erträglicher gemacht.

»Ja, ich bin es wirklich«, sagte ich schließlich.

Der alte Herr lachte. »Gott hält seine schützende Hand über mich, wie es scheint. Was treibt dich hierher, meine Liebe?«

Ich grinste. »Direkt wie immer.«

»Du hast dich lange nicht blicken lassen und mit Gott und der Kirche abgeschlossen. Also muss etwas Gravierendes geschehen sein. Geht es deiner Mutter gut?« Er hob die Augenbrauen.

Ihm konnte man nichts vormachen. »Ich weiß nicht, wie es ihr geht. Als ich vor zehn Jahren meinen Mann geheiratet habe, hat sie den Kontakt abgebrochen, weil er nicht ihrem Bild entsprach.«

Voller Mitgefühl sah er mich an. »Das tut mir sehr leid für dich. Was hat sie denn gestört?«

»Dass er Moslem ist und kein Katholik.« Ich rollte mit den Augen.

Der Pater legte mir seine Hand auf die Schulter. »Du kennst sie und ihr Ideale. Nimm es dir nicht so zu Herzen.«

Ich schnaubte. »Ja, in ihren Augen bin ich eine Versagerin. Dass ich zur besten Einheit des Morddezernats gehöre, interessiert sie nicht.«

»Du bist also wirklich deinen Weg zur Polizei gegangen.« Anerkennung schwang in seiner Stimme mit, die durch das Zweifeln meiner Mutter erst Skepsis, dann übersteigerte Freude in mir auslösten. Ich hatte all das gekonnt verdrängt, weil Timo und meine Kinder mich auffingen. Aber mit meinen Erinnerungen vor diesem Kirchengebäude gab es nichts, das mich ablenkte, außer dem Pfarrer mir gegenüber, der schon damals eine Stütze für mich gewesen war.

»Es war mein Traum, und den habe ich nicht aufgegeben.«

»Das freut mich sehr für dich, Sarah. Du kannst stolz auf dich sein. Nicht viele gehen ihren vorherbestimmten Weg. Und demnach bist du wegen deines Berufs hier, oder?«

Ich nickte. »Genau. Ich hatte gehofft, dass du mir vielleicht helfen kannst.«

»Wie kann ich dir behilflich sein?«

Unsicher ließ ich meinen Blick schweifen. »Die Todsünden. Was kannst du mir dazu sagen?«

Er lächelte. »Lass uns ein Stück gehen.« Wir setzten uns in Bewegung, und er fuhr fort. »Es lässt sich vereinfacht so zusammenfassen: Eine Todsünde ist ein schwerwiegendes Vergehen gegen die Gesetze Gottes. Du verlierst dadurch deinen Stand vor der Gnade des Herrn. Erst, wenn du den Verstoß mit vollem Bewusstsein und freiwillig begehst, bekennst du dich schuldig und sündigst. Unserem Glauben nach spricht man dabei von Mord, Ehebruch und Glaubensabfall.«

»Ich dachte, dass es sieben Stück gibt. Du weißt doch: Wollust, Eitelkeit und der ganze Kram.«

Der Pfarrer lachte. »Du bist zu ungeduldig, meine Liebe. Diese sieben Dinge, die im Volksmund als Todsünden bezeichnet werden, sind die Hauptlaster. Es sind schlechte Charaktereigenschaften, die einen dazu veranlassen, zu sündigen. Man nennt sie auch gern Wurzelsünden. Ihnen stellt man die Tugenden gegenüber.«

Mittlerweile waren wir an seiner Wohnung angekommen, die sich in der Nähe der Kirche befand. Er bat mich, einzutreten und im Wohnzimmer auf dem beigen Sofa Platz zu nehmen. Es war ein großer Raum mit Wohn- und Essbereich. Alles wirkte alt, aber gepflegt, jedoch frei von jeglichem technischen Schnickschnack.

»Warte einen Augenblick, ich hole dir etwas«, sagte er, nachdem er mir einen Tee serviert hatte.

Dass wir es mit einem religiösen Fanatiker zu tun hatten, war offenbar auch ihm klar. Allein mit dem Begriff ›Superbia‹ hatten wir die Verbindung herstellen können. Doch worauf wollte unser Mörder hinaus? Ob man sich von schwerwiegenden Sünden reinwaschen konnte?

»Wusstest du, dass es auch himmelschreiende Sünden gibt? Sie sind so schwer, dass Gott sie bis in sein Reich hört. Der Begriff stammt aus dem Alten Testament. Nachdem Kain seinen Bruder ermordet hat, spricht Gott zu ihm und sagt, dass das Blut Abels bis in den Himmel schreien würde. Der Spruch ›Es stinkt zum Himmel‹ hat in dieser Phrase seine Wurzeln.«

»Nein, das wusste ich nicht. Wie kann man sich von Sünden reinwaschen, Pater? Geht das überhaupt?«

»Es geht, aber es ist nicht einfach. Man muss seine Handlung wirklich bereuen. Es bedarf einer Beichte, und der Sünder muss Gott um Vergebung bitten. Viele Fanatiker glauben, dass Buße und Selbstbestrafung ausreichen, aber nur die Beichte kann die Gnade wiederherstellen.«

Schnell notierte ich mir das Wichtigste auf einem Notizblock, den ich immer in meiner Jackentasche mit mir herumführte, und ein paar Gedanken dazu. Unser Täter hatte es auf Sünder abgesehen. Was bedeutete, dass ziemlich viele Menschen in Gefahr schwebten – wenn nicht gefühlt die ganze Welt, denn wer konnte sich schon davon freisprechen? Alle Menschen waren Sünder, das wusste selbst ich noch aus meiner katholischen Erziehung. Das bedeutete, dass unser Täter streng katholisch aufgewachsen sein oder sich wenigstens dafür interessieren musste. Vielleicht aufgrund eines prägenden Erlebnisses …

Das war zu schwammig für ein festes Profil. Wir wussten viel zu wenig. Ich konnte lediglich ins Blaue hinein raten, doch ob es zutraf, konnte ich nicht sagen.

Noch während ich darüber nachdachte, schrieb Herr

Diefenbach einige Worte auf ein Blatt Papier und reichte es mir. »Ich habe dir die Tugenden und die dazugehörigen Sünden notiert, Sarah. Zu jeder schlechten Eigenschaft gehört auch eine positive. Man kann Hochmut zeigen, so wie Luzifer, oder auch Demut. Anstatt Geiz Liebe zeigen. Sich nicht ungezügelt der Wollust hingeben, sondern der Keuschheit verschreiben, wie wir Pfarrer es machen. Einem Kind nicht mit Zorn gegenübertreten, sondern Geduld beweisen. Sich mäßigen, anstatt sich den Bauch vollzuschlagen. Milde statt Neid, oder Fleiß statt Faulheit.

Viele Wege führen nach Rom, aber welcher der richtige ist, weiß nur das Individuum selbst. In jedem Menschen stecken positive und negative Eigenschaften. Was wir daraus machen, ist das Entscheidende.« Er machte eine kurze Pause, und ein Lächeln schlich sich auf seine Lippen. »Du Sarah, warst damals zornig, weil deine Mutter dich zu den Gottesdiensten zwang. Du warst ungeduldig und ignorant gegenüber den Lehren. Aber du bist deinen Weg gegangen und hast zum Beispiel deinen Zorn in Leidenschaft für deinen Beruf gewandelt.«

Erinnerungen kamen hoch, die ich fest verschlossen hatte. Bilder, in denen ich meine Mitmenschen anschrie und mit Stöcken auf Büsche einschlug, weil ich meiner Wut Luft machen wollte. Später hatte ich meinen Zorn in Sporteinheiten abgebaut und jetzt kompensierte ich diese in meinem Job bei der Jagd nach Verbrechern.

»Danke für deine Hilfe. Du hast uns weitergeholfen.« Ich nahm den Zettel an mich.

»Sehr gern. Wenn noch etwas sein sollte, kannst du immer zu mir kommen. Ich freue mich, dich wiedergesehen zu haben. Nicht oft habe ich die Möglichkeit, einem meiner Schützlinge zu begegnen, wenn sie groß geworden sind.«

Meine Kollegen saßen bereits im Besprechungsraum und tranken Kaffee. Sie warteten wahrscheinlich auf mich, denn ansonsten war das Team vollständig. Es gefiel mir, dass Felix ähnlich arbeitete wie Sascha – oder sich jedenfalls angehört hatte, wie wir unsere Fälle bearbeiteten. Ein wenig Routine tat uns gut.

»Entschuldigt, dass ihr so lange warten musstet.«

Felix musterte mich, dann zuckte er mit den Schultern. »Solange Sie nicht Eis essen waren, ist das kein Problem.«

»Ich liebe Eis, aber nein, dafür hatte ich keine Zeit«, erwiderte ich lachend.

Er nickte, dann wandte er sich den anderen zu. Es gab Situationen, in denen er unsicher wirkte oder freundlich sein konnte. Aber jetzt war er wieder das kalte Arschloch, das keine Emotionen zuließ.

»Was haben Sie herausgefunden?«

»Nicht viel«, sagte Olli. »Die Familie war erschüttert und verfiel in eine Art Schockstarre. Sie sagten, ihre Tochter hätte sich mehrere Tage lang nicht gemeldet, was wohl häufiger vorkäme, da sie in Lernphasen das Handy ausschaltete. In der Wohnung des Mädchens haben wir ebenfalls nichts gefunden.«

Olli blickte zu Julian, fragte ihn wortlos, ob noch etwas fehlte, doch er schüttelte den Kopf.

Felix presste die Lippen aufeinander. »Das hilft uns nicht weiter. Wir wissen nicht, ob er sie gefangen gehalten hat und wie er überhaupt an sie herangekommen ist.«

Ich räusperte mich. »Im Moment ist doch gar keine Klausurphase.«

»Nein, eigentlich nicht. Aber es können immer Tests und Hausarbeiten anstehen.« Julian fuhr sich durch seine wuscheligen, braunen Haare – eine Geste, die zeigte, dass er nachdachte.

»Was schwebt dir vor?«, wollte ich von meinem Kollegen wissen, auch wenn mir das einen verwirrten Blick von Felix einbrachte.

Julian zuckte mit den Schultern. »Warum bezichtigt der Täter sie des Hochmuts? Ihre Familie scheint reich zu sein. Die Wohnung strotzt vor teuren Gemälden, Möbeln und Teppichen. Alles schrie danach, dass sie Geld haben. Deutet das nicht eher auf Geiz hin?«

»Da kann ich vielleicht weiterhelfen«, mischte sich Maya ein. »Schließlich habe ich das Netz auf den Kopf gestellt, um etwas über die Benders herauszufinden, insbesondere über Natalie. Hochmut – oder Eitelkeit in unserem Fall – treffen sehr gut auf sie zu. Auf ihrem Facebook- und Instagram-Profil siehst du täglich Bilder von ihr: neue Frisuren, schicke Kleider oder Schmink-Tipps. Du hast ihren Bildern angesehen, dass sie von sich selbst überzeugt war. Dem Täter ging es sicherlich eher um diese Präsentation als um das Geld, das sie besaß.«

»Haben Sie in den Chatverläufen nachgesehen? Gab es etwas Verdächtiges?«

Maya schüttelte den Kopf. »Sie hat es geliebt, zu flirten, aber mir ist niemand aufgefallen, der verdächtig wirkt. Ich habe angefangen, eine Liste zu erstellen, mit wem sie viel Kontakt hatte, doch bei der Hälfte habe ich abgebrochen, weil sie endlos lang geworden wäre. Natalie wurde verehrt und hat es geliebt, mit anderen zu chatten. Diese Spur verläuft sich im Sand.«

Felix schüttelte den Kopf. »Das ist egal. Gehen Sie alle Kontakte durch. Das sind unsere einzigen Anhaltspunkte. Die anderen werden Sie unterstützen.«

Ich konnte Maya ansehen, dass seine Worte sie ärgerten, doch sie schluckte den Frust hinunter. Sascha hätte sie niemals vor den Kopf gestoßen, und das wusste sie. Ich konnte ihren Wunsch, dass er bald wieder zurückkommen würde, förmlich sehen.

Wir standen auf und verließen den Raum, um uns an die Arbeit zu machen. Eine stupide, sinnlose Arbeit, die uns dem Täter kein Stück näherbringen würde.

KAPITEL 7

~ Anna ~

Wie lange sie in der dunklen Zelle saß und die Schmerzen über sich ergehen lassen musste, wusste Anna nicht. Alles, was sie wollte, war, dass es endete. Sie fühlte sich schmutzig, ausgelaugt und am Ende ihrer Kräfte. Wenn sie früher Spaß am Geschlechtsverkehr gehabt hatte, so interessierte sie das nicht mehr. Im Prinzip hatte der Kerl das bekommen, was er wollte: Sie würde keinen Gedanken mehr an Sex verschwenden.

Als die Tür aufging, wich sie zurück und wimmerte: »Bitte, nicht noch einmal! Ich habe es verstanden.«

Schwere Schritte kamen auf sie zu, dann griff er grob unter ihr Kinn. Tränen brannten in ihren Augenwinkeln. Seine dunklen Augen musterten sie eindringlich, als würde er etwas darin suchen, dann griff er nach ihrem Handgelenk und zerrte sie auf die Beine. Anna stolperte und schlug so hart mit den Knien auf, dass die verschorften Stellen aufplatzten. Sie schluchzte laut auf, hätte sich am liebsten eingerollt und wäre nie wieder aufgestanden. Es würde sowieso enden, und sie konnte und wollte nicht mehr.

Er kniete sich neben sie und hob erneut ihr Kinn an, damit sie ihn ansah. Durch den Tränenschleier verschwammen seine

Züge und doch schienen sie sanft zu sein. »Komm, meine Schöne. Ich sehe, dass du tief in deinem Inneren bereust. Es hat jetzt alles ein Ende. Ich weiß, wie du dich fühlst.«

Seine Worte gaben ihr Hoffnung, dass ihr Leiden bald vorbei sein würde, auch wenn sie ihn nicht verstand.

»Danke«, hauchte sie.

Vorsichtig half er ihr auf, dann griff er nach ihrer Hand und verließ gemeinsam mit ihr den Raum. Er drängte sie nicht mehr und passte sich ihrem schleppenden Tempo an. Der grobe Boden unter ihren nackten Füßen stach bei jedem Schritt und ließ sie humpeln. Ihr Peiniger brachte sie in einen dunklen, gewölbten Gang, von dem zwei Holztüren abgingen, die allesamt verschlossen waren. Ihrer Zelle gegenüber befand sich eine Treppe, die nach oben führte. Er leitete sie den schmalen Flur entlang, weg von der erlösenden Freiheit, hinein in einen Raum, an dessen Ende ein steinerner Altar stand. Davor waren Holzbänke aufgereiht. Das alles erinnerte sie an eine Kirche, wenn auch in Miniaturformat.

Die kleine Kapelle wurde flackernd durch Kerzenständer erleuchtet. Zum ersten Mal konnte sie den Mann erkennen, der sie all die Tage oder Wochen misshandelt, erniedrigt und verletzt hatte. Er war hoch gewachsen, hager und hatte kantige Gesichtszüge. Sie fand ihn attraktiv, verbat sich diesen Gedanken aber. Er brachte sie zum Altar und ließ sie davor niederknien. Sie verstand nicht, was geschah, hatte gehofft, endlich Frieden im Tod zu finden.

»Der Pater kommt gleich und wird dich von deinen Sünden reinwaschen. Er wird Gott fragen, ob du wirklich bereust, was du getan hast. Der Herr wird entscheiden, ob du würdig bist oder zum Tode verurteilt wirst.«

Kaum hatte er die Worte ausgesprochen, hörte sie erneut schwere Schritte, die vor ihr verstummten. Eine Hand legte sich auf ihren Kopf. »Kind, sage mir, hast du gesündigt?«

Anna blickte zu dem Fremden auf. Er nickte ihr kaum merklich zu. »Ja … ja, ich denke schon.«

Der Mann hinter ihr schnalzte mit der Zunge. »Entweder du hast oder du hast nicht, mein Kind. Sprich dich aus, der Herr ist gnädig.«

Sie versuchte, ruhig zu atmen, doch ihr wilder Herzschlag gepaart mit Adrenalin ließ sie regelrecht hyperventilieren. Tränen traten ihr in die Augen. »Vergib mir, Herr, denn ich habe gesündigt.«

»Wie schwerwiegend sind deine Sünden?«

Sie presste die Lippen aufeinander, überlegte einen Moment. »Ich … ich habe mich der Wollust hingegeben.«

»Bereust du deine Taten, mein Kind?«

Sie wollte nicken, doch der Mann hinter ihr hielt ihren Kopf eisern fest. »Ja, ich bereue sie.«

»Und du wirst nie wieder dieser Sünde verfallen?«

Sie schluchzte auf. »Nein, niemals.«

»Sehr gut. Ich spreche dich von deiner Sünde frei, mein Kind. Gott wird dir vergeben und dich in seinen Reihen aufnehmen.« Die Stimme des Mannes hinter ihr schien sanfter geworden zu sein, als würde Stolz mitschwingen.

Dann ließ er Annas Kopf los, und sie vernahm schwere Schritte, die sich entfernten. Wenn sie nicht auf Knien gewesen wäre, hätten ihre Beine nachgegeben. Noch immer pumpte ihr Herz wie wild und sandte tausend Nadelstiche durch ihren Körper.

Ihr Peiniger legte seine Hand an ihre Wange. »Ich bin stolz auf dich, Anna. Du bist die Erste, die in den Augen des Paters würdig ist, zu leben. Gott hat zu ihm gesprochen.«

Er griff nach ihrem Handgelenk und half ihr beim Aufstehen. Dann führte er sie behutsam den Gang entlang und die Treppe hinauf. Durfte sie endlich gehen? War der Albtraum endlich vorbei? Sie traute sich nicht, zu fragen, was als Nächstes geschehen würde. Dabei sehnte sie sich nach ihrem Zuhause, ihrem Bett und ihrer Sicherheit. Jetzt, wo ein Ende in Sicht war, wollte sie nur noch vergessen.

Aber er brachte sie nicht nach draußen, sondern in ein weiteres Zimmer mit vergitterten Fenstern. Es war eine kleine Kammer mit einem Bett, einem Schrank und einem Schreibtisch samt Stuhl. Im hinteren Bereich ging eine Tür ab.

»Das ist dein neues Heim. Ich werde auf dich aufpassen und vor weiteren Sünden bewahren. Das verspreche ich dir. Heirate mich! Du bist die einzige Sünderin, die jemals den Mut besessen hat, ihre Sünde einzugestehen. Anna, du bist perfekt, und der Pater mag dich. Gott selbst hat dir vergeben. Er hat mir dich gegeben und möchte, dass wir auf ewig vereint sind.«

Sie schüttelte den Kopf. »Ich möchte nach Hause.«

Er lächelte sanft. »Du bist hier zu Hause, meine Liebe.«

Ein Schluchzen entwich ihrer Kehle. »Ich wohne aber nicht hier.«

Wut verzerrte seine Züge, und er stieß sie in das Zimmer. »Akzeptiere es, Anna! Du lebst jetzt hier. Gehorche oder ich bestrafe dich erneut.«

Dann knallte die Tür ins Schloss, und sie hörte das Rasseln der Schlüssel. Sie war eingesperrt.

Erneut.

Sie weinte und hämmerte gegen das Holz, schrie, dass sie nach Hause wollte. Doch er ignorierte sie und öffnete die Tür nicht erneut.

Irgendwann beruhigte sie sich, weil ihr Hals kratzte und ihre Hände schmerzten. Aus diesem Zimmer würde sie nicht rauskommen. Die Fenster waren vergittert, und der Eingang war abgeschlossen. Da fiel ihr Blick auf die Tür im hinteren Bereich. Sie ging darauf zu und öffnete sie, um in ein Badezimmer zu blicken – auch ohne Fluchtmöglichkeit.

Da fasste Anna einen Entschluss: Sie würde mitspielen und bei der ersten Gelegenheit flüchten. Sie musste sein Vertrauen gewinnen und dadurch Freiheiten erlangen. Dann würde sie entkommen können.

Sie ging wieder nach vorn. Mittlerweile mussten Stunden vergangen sein, die sie gebraucht hatte, um sich zu beruhigen.

»Liebster?«, rief sie.»Bitte verzeih mir! Du hast mich überrumpelt, und ich habe überreagiert. Ich möchte dich sehr gern heiraten.«

Es rasselte im Schloss, dann sprang die Tür auf.

Der Mann stand vor ihr und musterte sie aufmerksam. Dann lächelte er.»Ich freue mich und komme gleich wieder, mein Schatz. Zuerst muss ich mich um etwas anderes kümmern. Dann stehe ich dir grenzenlos zur Verfügung.«

Annas Blick glitt an ihm vorbei zu einer Frau, die auf dem Boden lag und schlief. Ihre blonden Haare fielen ihr in Wellen über die Schultern. Sie war hübsch und tat Anna leid. So eine Behandlung, wie sie sie hatte erleben müssen, wünschte sie niemandem.

Sie nickte dem Fremden zu, der daraufhin die Tür schloss und erneut absperrte. Wenn Anna gehofft hatte, dass sich ihr direkt eine Chance bot, so hatte sie sich getäuscht. Sie musste abwarten und hoffen. Vielleicht würde Gott sie ja erhören …

KAPITEL 8

~ Sascha ~

Obwohl mehrere Tage vergangen waren, seit ich Frau Bierst das erste Mal aufgesucht hatte, kam mir die Zeit nicht so lang vor. Ich hatte neuen Lebensmut gefunden und brannte darauf, endlich wieder eingesetzt zu werden.

Zwar ging ich noch in die Kneipe, doch nicht mehr, um mich volllaufen zu lassen, sondern weil ich die Truppe mochte. Sie waren zu Freunden geworden.

Ich hatte Frau Bierst noch einmal gesehen und würde morgen einen weiteren Termin bei ihr haben. Sie wollte sich ein paar Gedanken machen und dann weitersehen. Außerdem bestand sie darauf, dass ich mich Ghost stellte, und dazu war ich bisher nicht bereit gewesen. Sie musste meine Ungeduld gespürt haben, dass ich zurück in den Dienst wollte. Ob sie das mit Wohlwollen sah? Ich hoffte es, denn wenn sie nicht zustimmte, dann konnte ich es mir noch so sehr wünschen, aber es würde nicht passieren.

Dabei hatte ich wirklich Fortschritte gemacht.

Unruhig lief ich auf und ab, unschlüssig, ob ich in die psychiatrische Anstalt fahren sollte oder nicht. Würde es mir wirklich guttun, mich meiner Vergangenheit auf diesem Weg zu stellen? Frau Bierst war jedenfalls dieser Meinung.

Seufzend ging ich in das Badezimmer und machte mich fertig. Vielleicht erhöhte der Besuch meine Chancen, in meinen Beruf zurückzukehren. Ich wollte meine Psychologin auch nicht weiter verärgern. Von ihrem guten Willen hing zu viel ab. Deswegen fuhr ich, nachdem ich mit meiner Morgentoilette fertig war, in Richtung Anstalt, obwohl mich ein unwohles Gefühl begleitete.

Nachdem ich mein Auto auf dem Parkplatz der Klinik geparkt hatte, atmete ich tief durch. Wie lange ich im Auto sitzen blieb und Mut schöpfte, wusste ich nicht, doch irgendwann schaffte ich es, auszusteigen und auf den Haupteingang zuzugehen. An der Rezeption wurde ich abgefangen. Hinter dem Tresen betrachtete mich eine junge Frau aufmerksam. Ihr Blick blieb an meiner wulstigen Narbe hängen. Ich erklärte der Frau, dass ich zu Ghost wolle.

»Haben Sie einen Moment Geduld. Der Arzt ist gerade bei ihr. Sollte er Ihren Besuch absegnen, dürfen Sie zu ihr.« Sie deutete auf die grünen Plastikstühle im hinteren Bereich des offenen Raumes.

Der Empfangstresen befand sich in der Mitte unter einer großen Lichtkuppel. An gefühlt jedem freien Platz hatte man Pflanzen aufgestellt, was eine angenehme Atmosphäre erzeugen sollte. Trotzdem konnte das nicht von den kahlen Gängen ablenken, die durch mehrere Glastüren in Abschnitte unterteilt wurden.

Nachdem ich mich auf den Stuhl gesetzt hatte, konzentrierte ich mich auf meine unruhige Atmung. Dieser Ort machte mich nervös, denn ich konnte die Erinnerungen nur mit Mühe unterdrücken, die mich wie ein Tsunami zu überrollen drohten.

Vielleicht war es keine gute Idee gewesen hierherzukommen. Sagte man nicht, dass man Vergangenes ruhen lassen sollte? »Herr Baumann?«, vernahm ich eine dunkle Stimme, bevor ich aufstehen und fliehen konnte. Vor mir stand ein Mann mit einem weißen Arztkittel. Er hatte helles Haar und dunkle Augen und schenkte mir ein warmes Lächeln. »Doktor Barzen. Ich bin der behandelnde Arzt von Ghost. Sie können zu ihr, wenn auch nur kurz. Im Moment braucht sie viel Ruhe. Eigentlich wollte ich Sie gar nicht zu ihr vorlassen, aber weil sie ständig nach Ihnen fragt, hoffe ich, dass Ihr Besuch ihr helfen kann.«

Ich nickte, erhob mich auf wackligen Beinen und folgte ihm den Gang entlang.

»Okay«, sagte ich lediglich, weil ich nicht wusste, was ich sonst darauf antworten sollte. Dafür wühlte mich das alles zu sehr auf.

»Was verschlägt Sie zu ihr? Sie haben sie bisher nur ein einziges Mal besucht.« Seine dunklen Augen musterten mich eindringlich. Psychologen machten mir Angst, denn sie betrachteten einen stets lauernd, als würden sie jedes Wort gegen einen verwenden. Es fühlte sich an, als wäre man ein Verdächtiger.

»Ich wollte das Vergangene ruhen lassen. Aber Verdrängen ist nicht die richtige Taktik, fürchte ich.« Ich hoffte, dass ich so von meiner Unsicherheit ablenken konnte.

Herr Barzen lachte. »Das ist es wahrlich nicht. Irgendwann holt einen die Vergangenheit wieder ein. Sie müssen ihr verzeihen. Das würde sowohl Ihnen als auch ihr helfen. Selbst Gott verzeiht, egal, was man getan hat, solange man es von ganzem Herzen bereut. Sie schämt sich für ihre Vergehen zutiefst.«

Mit hochgezogenen Augenbrauen musterte ich den Mann. Die Skepsis stand mir wahrscheinlich mehr als deutlich ins Gesicht geschrieben. Dann blieb er vor einer Tür stehen, bevor ich etwas erwidern konnte. Als mir bewusst wurde, dass Ghost hinter dieser Tür lebte, begann mein Herz, zu rasen. Ich spürte, wie meine Hände zu schwitzen anfingen und meine Atmung flacher ging. Das Adrenalin jagte durch meine Adern und kribbelte unter meiner Haut.

»Herr Baumann? Alles in Ordnung mit Ihnen?«, fragte mich Herr Barzen und riss mich aus meiner Panikattacke, erstickte sie im Keim. Ich holte tief Luft, dann nickte ich und griff nach der Klinke, um einzutreten.

Mich umfing der sterile Geruch von Desinfektionsmitteln. Der Raum erstrahlte weiß und war kühl gehalten, die Möbel waren auf dem Boden festgeschraubt. Die blonde Frau saß auf dem Bett im Schneidersitz und schien zu meditieren. Als sie die Tür hörte, öffnete sie ihre Augen und sah mir mit einem Lächeln entgegen.

»Sascha! Wie schön, dich zu sehen«, rief sie geradezu freudig, obwohl mich ihre Augen finster musterten. Ihr Blick blieb an der Narbe hängen und sie lächelte zufrieden.

»Ghost«, gab ich knapp zurück.

Ein Schnauben entwich ihr. »Was führt dich her, Sascha? Nächstenliebe wohl kaum.«

So viel zum Thema, sie würde bereuen – ihr Tonfall klang genauso überheblich wie beim letzten Mal. »Ich weiß selbst nicht, warum ich hier bin.«

Glockenhell hallte ihr Lachen von den Wänden wider. »Du bist witzig.«

Sie stand auf, kam auf mich zu, blieb vor mir stehen und musterte mich. Langsam hob sie ihre Hand und strich über die Narben in meinem Gesicht.

Ich griff nach ihren Fingern. »Lass das.« Meine Stimme glich einem Knurren, was Ghost lediglich ein Lächeln entlockte.

»Herr Barzen möchte, dass ich dich um Vergebung bitte. Er ist der felsenfesten Überzeugung, dass mich das läutern würde. Dabei bin ich so stolz auf mein Werk. Ich bereue nichts.«

Unwillkürlich ballte ich meine Hände zu Fäusten. Doch dann rief ich mir in Erinnerung, dass sie krank war. Mit Hass würde ich hier nicht weiterkommen und selbst lediglich einen Schritt nach hinten machen. Deswegen grinste ich, als mir eine Idee kam.

»Das ist aber schade, denn ich vergebe dir nämlich. Weißt du, ich habe versucht, dich zu hassen, meinen Frust im Alkohol zu ertränken und alles zu vergessen. Aber das muss ich nicht, denn es macht mich zu dem Menschen, der ich bin. Falls es dein Ziel war, mich zu brechen, dann muss ich dich enttäuschen, denn ich bin dir dankbar für das, was du mir angetan hast. Es hat mir gezeigt, dass ein Feuer in mir brennt, das nicht so leicht zu löschen ist. Du hast mir bei dieser Erkenntnis geholfen und mich stärker gemacht. Das wollte ich dir gesagt haben.«

Erleichterung durchfuhr mich nach diesen Worten.

Sie kamen tief aus meiner Seele, und ich spürte, dass jede einzelne Silbe wahr war. Wie ein Phönix aus seiner Asche hatte ich mich aus dem Trümmerhaufen meines Lebens erhoben und wusste, dass ich bereit war, zurückzukehren. Es wurde Zeit, ich hatte es lange genug hinausgezögert.

Ghost starrte mich mit offenem Mund und aufgerissenen Augen an. Ich wartete, aber sie sagte nichts. Ungefähr eine Minute später drehte ich mich um und verließ den Raum wie ein Ringboxer nach dem K.o. des Gegners.

Herr Barzen hatte vor dem Raum auf mich gewartet und schloss die Tür hinter mir ab. Er musterte mich, dann nickte er wissend und brachte mich schweigend nach draußen.

Nervös, wenn auch erleichtert, fuhr ich am nächsten Morgen in die Tiefgarage. Ich erwartete, dass mich eine erneute Panikattacke überfallen würde, aber da war nichts. Mein Herz schlug schneller, ja, aber es gab kein Hyperventilieren, keine Hitze. Ein Lächeln stahl sich auf meine Lippen. Hatte ich meine Angst so schnell überwunden? Oder war das die Ruhe vor dem Sturm? Ich hoffte auf Ersteres. Vielleicht war mein Besuch bei Ghost wirklich hilfreich gewesen, mit dem Thema abzuschließen.

Nachdem ich in den dritten Stock gefahren war, ging ich den Gang entlang, um an Frau Biersts Tür zu klopfen. Sie bat mich herein.

»Herr Baumann! Schön, Sie zu sehen. Nehmen Sie Platz.«

Ich nickte und folgte ihrer Bitte.

Sie räumte Unterlagen von ihrem Schreibtisch in einen Ordner, bevor sie einen Notizblock und einen Stift zur Hand nahm. Dann setzte sie sich mir gegenüber hin. »Wie geht es Ihnen?«

»Es ging mir noch nie besser. In den letzten Tagen habe ich mein Leben aufgeräumt und weiß endlich, was ich möchte.«

Aufmerksam musterte sie mich. »Sie waren bei Ghost?«

»Ja, und mir ist einiges klar geworden. Mein Hass hat mich nicht weitergebracht. Wie Sie sagten, hat mich dieses Erlebnis gestärkt. Ich bin bereit, alles hinter mir zu lassen.«

»Sie möchten wieder arbeiten?«, fragte sie, während sie einige Worte auf ihren Block schrieb.

Ich nickte. »Mir fehlt die Arbeit.«

»Fehlt sie Ihnen oder brauchen Sie sie, um das Geschehene zu verdrängen?«

Ihre Frage löste bei mir eine eiskalte Gänsehaut aus. »Wie meinen Sie das?«

»Sie haben die Frage schon verstanden. Wieso möchten Sie zurück in den Beruf?«

»Weil ich lange genug nichts getan habe. Ich habe mich in meinem Elend gesuhlt und andere vor den Kopf gestoßen. Aber ich bin mehr wert als das. Dazu habe ich mich mit meiner Vergangenheit befasst und erkannt, dass diese mich ausmacht. Wissen Sie, ich weiß genau, was ich gut kann: Mörder jagen und fangen. Das fehlt mir.«

Frau Bierst schwieg einen Moment und betrachtete mich eindringlich. »Ich sehe Ihre Entwicklung mit Wohlwollen, Herr Baumann. Aber ich habe die Verantwortung für Sie und muss die Entscheidung fällen. Treffe ich die falsche, schade ich Ihnen oder sogar dem Team.«

»Das verstehe ich. Als Teamleiter musste ich auch Entscheidungen treffen, woraufhin ein Einsatz gut oder schlecht ausgehen konnte.«

Meine Psychologin nickte. »Gut, dass Sie mich verstehen. Ich habe ein Angebot für Sie. Sie werden wieder zur Arbeit gehen.«

Ein Lächeln breitete sich auf meinen Zügen aus und nahm das Gewicht von tonnenschweren Steinen mit sich. »Vielen Dank!«

Sie schüttelte den Kopf. »Ich bin noch nicht fertig. Sie werden jeden Freitag in meinem Büro erscheinen, und wir setzen die Therapie fort. Außerdem wird Felix Winter weiterhin die Führung des Teams übernehmen. Sie werden sich ihm ohne Murren fügen. Ihr Chef wird mir über Ihr Verhalten Bericht erstatten, also enttäuschen Sie mich nicht.«

Ihre Worte dämpften meine Vorfreude nur geringfügig. Es reichte mir vorerst, wieder arbeiten zu dürfen. Natürlich hätte ich gern wieder die Leitung, doch ich erkannte, dass dies vorerst für alle die beste Lösung zu sein schien.

»Ich bin damit einverstanden. Das klingt nach einem guten Plan. Danke für Ihr Vertrauen.«

Sie lächelte matt. »Danken Sie nicht mir. Ich mache das Schreiben fertig, das Sie Herrn Winter geben werden.« Sie erhob sich und setzte sich hinter ihren Schreibtisch, bevor sie wild auf ihrer Tastatur herumtippte. Keine zehn Minuten später ratterte der Drucker, und sie reichte mir einen Briefumschlag. »Wir sehen uns am Freitag um zehn.«

Ich nickte, dann schüttelten wir einander die Hände. Nachdem die Tür hinter mir zugefallen war, riss ich mich zusammen. Ich hatte es geschafft. Endlich durfte ich wieder auf Täterjagd gehen. Auch wenn mein Versagen aus dem alten Fall schwer wog, so wollte ich mir beweisen, dass ich es noch immer konnte. Ghost hatte meinen Willen nicht gebeugt, sondern mich stärker aus der Qual hervorgehen lassen. Ich war zurück. Jetzt blieb mir nur, zu hoffen, dass Felix Winter mich auch machen ließ und nicht ausbremste.

Obwohl es mir in den Fingern juckte, den Brief zu öffnen, widerstand ich. Frau Bierst hatte ihn zugeklebt, daher wäre sofort aufgefallen, wenn ich ihn geöffnet hätte. Mein Start sollte gut verlaufen, und direkt mit einem Lügenkonstrukt zu beginnen, wäre nicht von Vorteil.

Mit einem *Pling* fuhren die Aufzugstüren auseinander. Ich holte tief Luft, dann trat ich in den Gang, der mir nur allzu bekannt vorkam. Hier war ich zu Hause. Im Revier fühlte ich mich wohl. Mit einem Strahlen im Gesicht ging ich den Flur entlang. Das erste Büro zählte als Mayas Reich. Sie saß hinter ihrem Monitor und hämmerte auf ihrer Tastatur herum. Neben ihr saß Sarah und deutete auf den Bildschirm.

Ich klopfte an, und die Blicke der zwei Mädels richteten sich auf mich. »Chef! Schön, dich zu sehen.«

Sarah sah mahnend zu Maya. »Benimm dich.«

Sie lachte. »Ja, Mama!«

Während Maya ihre Hände in die Hüften stemmte, verdrehte Sarah die Augen und schüttelte den Kopf. »Was treibt dich zu uns?«

Mein Grinsen wurde breiter. »Ich bin wieder zurück.«

Maya klatschte vor Freude in die Hände. »Wirklich?«

Ich hielt den Umschlag hoch. »Wirklich.«

Meine Kollegin hielt nichts mehr und sie fiel mir in die Arme. »Das ist so gut! Der Neue ist zwar ganz nett, aber wir langweilen uns.«

»Maya!«, ermahnte Sarah sie erneut. »Er hat lediglich nach dem letzten Strohhalm gegriffen.«

Verwirrt sah ich zwischen meinen Kolleginnen hin und her. »Was ist denn hier los?«

»Felix hat uns sinnlose Chatverläufe lesen lassen, weil er glaubt, dass sie uns in dem Fall weiterbringen würden«, schmollte Maya. »Tun sie aber nicht.«

»Du hast vergessen, zu erwähnen, dass wir keine einzige Spur haben.«

»Ich muss mich dringend auf den aktuellen Stand bringen. Ihr wisst ja, hoffnungslose Fälle sind genau mein Ding.«

»Was ist hier los?«, ertönte eine dunkle Stimme.

Ich wandte mich um und erkannte meinen neuen Vorgesetzten, dann reichte ich ihm den Umschlag. »Ich bin wieder im Dienst.«

Er riss das Kuvert auf und überflog den Brief. »Willkommen zurück, Baumann. In zehn Minuten versammeln wir uns im Besprechungszimmer, dann bringen wir Sie auf den aktuellen Stand.«

Ich nickte. »Bekomme ich mein altes Büro zurück oder wohin soll ich meine Tasche räumen?«

Felix Winter zuckte mit den Schultern. »Nehmen Sie Ihr altes Büro. Es ist sowieso noch frei.«

Abermals bestätigte ich wortlos, dann ging ich den Gang entlang. In meinem Zimmer wehte mir der bekannte Geruch nach altem Papier und abgestandenem Zigarettenrauch entgegen. Selig lächelnd ließ ich mich auf meinem Stuhl fallen.

Ich war zurück.

Meine Tasche verstaute ich unter meinem Schreibtisch, dann nahm ich mir einen Notizblock aus der Schublade und einen Stift aus dem Becher. Danach ging ich zum Besprechungsraum. Ein Lächeln trat auf meine Züge, weil alles noch genauso aussah wie immer. Vor dem Kopf des großen Tisches stand das Whiteboard, an dem die wenigen Informationen hingen, die bereits zusammengetragen worden waren. Ich ging dorthin, und Winter tat es mir gleich. Bevor ich mir ein genaueres Bild machen konnte, ging die Tür auf und das Team trat ein. Julian und Olli begrüßten mich, dann nahmen wir Platz.

»Wie Sie sehen, hat sich Herr Baumann wieder eingefunden. Er ist diensttauglich, trotzdem obliegt die Führung des Teams weiterhin mir. Sie werden also meinen Anweisungen folgen. Haben wir uns verstanden?«

Schweigend nickten die anderen. Ich unterdrückte ein Lächeln, weil ich die Autorität meines neuen Chefs nicht untergraben wollte. Einen Hahnenkampf konnte das Team nicht gebrauchen, und das war auch gar nicht mein Ziel. Ich wollte ermitteln und Mörder fangen. Es reichte mir fürs Erste, überhaupt wieder arbeiten zu dürfen.

»Gut, dann bringen wir unseren neuen Kollegen mal auf den neuesten Stand. Unser Opfer heißt Natalie Bender, dreiundzwanzig Jahre alt. Sie stammt aus einer neureichen Familie und liebte es, sich aufzuspielen und zu präsentieren. Natalie wurde vom Hausmeister auf einem Spielplatz in der Hunsrückstraße aufgefunden. Ihn haben wir als Täter ausgeschlossen. Die junge Frau wurde erdrosselt, und auf ihrer Brust stand das Wort ›Superbia‹. Unter ihren Fingernägeln befand sich Erde. Das ist alles, was wir haben.«

Ich seufzte. »Das ist nicht viel.«

»Ich war bei meiner alten Kirche und habe über die Sünden recherchiert«, klärte mich Sarah auf.

»Also wird es vermutlich sieben Opfer geben. Wir haben es mit einem religiösen Fanatiker zu tun. Na wundervoll.«

Felix schnaubte. »So weit sind wir auch schon.«

»Ich verstehe. Deswegen werden die Chatverläufe durchgegangen. Habt ihr nach weiteren Vermissten gesucht?«, fragte ich Winter.

Maya schüttelte den Kopf. »Nein, das haben wir noch nicht.«

Ich öffnete den Mund und wollte ihr sagen, dass sie es machen sollte, schloss ihn aber wieder.

Felix grinste schief. »Guter Einwurf, Baumann. Maya, schauen Sie, ob es neue Vermisste gibt.«

Ich räusperte mich. »Wie ist Natalie Bender eigentlich verschwunden?«

Es herrschte Schweigen, das Sarah letztendlich brach. »Dazu gibt es keine Informationen. Sie wurde von ihren Eltern nicht einmal als vermisst gemeldet.«

Ich presste meine Lippen aufeinander. Wieso hatte Winter dahingehend nicht recherchiert? Das hätte ich ihn gern gefragt, aber damit wäre ich meinen Chef angegangen. Am ersten Tag musste ich mich zurückhalten. »Darf ich dazu Erkundungen anstellen?«

Felix zuckte mit den Schultern. »Probieren Sie es. Ich habe nichts gefunden. Damit ist die Besprechung beendet.«

Stühle rückten, und meine Kollegen erhoben sich, um zurück an die Arbeit zu gehen. Für einen Moment blieb ich sitzen, was mir einen fragenden Blick von Felix Winter einbrachte.

»Ich will mir nur einen Überblick über die gesammelten Informationen verschaffen.« Ich deutete auf das Whiteboard neben ihm.

Abschätzend musterte er mich. »Ihnen ist klar, dass Sie nicht mehr das tun und lassen können, was sie möchten, oder? Alle Aktionen werden mit mir abgesprochen.«

Ich hob die Hände. »Ich hatte nicht vor, Ihre Autorität anzuzweifeln, Herr Winter. Trotzdem möchte ich mich so gut wie möglich in den Fall einarbeiten, damit ich helfen kann.«

»Gut, ich wollte es nur gesagt haben.« Er nickte mir zu, dann wandte er sich ab und ließ mich mit meinen Gedanken allein.

Es handelte sich um eine komplizierte Situation. Mein Team stand hinter mir und würde sich zweifelsfrei immer für mich entscheiden. Allen voran Maya, die keine Situation ausließ, um das zu zeigen. Ich würde lügen, wenn ich behauptete, dass mir das nicht schmeichelte. Trotzdem musste das aufhören, ansonsten würde die Situation über kurz oder lang eskalieren.

Ich seufzte, dann wandte ich mich dem Whiteboard zu, um mich auf den neuesten Stand zu bringen. Das Wichtigste hatte ich schon erfahren, aber der Teufel steckte wie immer im Detail. Welche Informationen fehlten noch?

Natalie Benders Foto hing in der Ecke. Sie war ein hübsches Mädchen: dunkles, langes Haar, gebräunte Haut und feine Gesichtszüge. Ihre großen, dunklen Augen strahlten Freude und Selbstbewusstsein aus. Neben dem Bild hing das Tatortfoto. Von den langen Haaren war kaum etwas zu erkennen außer übrig gebliebenen Büscheln. Das Gesicht wurde von leuchtender Farbe verunstaltet.

Ich wusste von meinen Kollegen, dass sie das Wort ›Superbia‹ auf der Brust stehen hatte. Der Täter hatte ihr ihre Eitelkeit genommen. Er hatte deutliche Spuren auf ihr hinterlassen und sich Mühe dabei gegeben, sie gründlich zu entstellen.

Ich legte eine Hand auf meine vernarbte Gesichtshälfte. Ja, ich konnte mir vorstellen, wie sie sich gefühlt hatte, während sich der Täter an ihr ausgetobt hatte. Dafür brauchte ich nicht einmal meine spezielle Gabe. Daneben hing eine Tabelle mit den einzelnen Sünden und ihren gegenübergestellten Tugenden. Sarah hatte dazu eine Erklärung geschrieben.

Der Hausmeister, der Natalie gefunden hatte, hatte nicht weiterhelfen können. Den Abend hatte er mit seiner Frau verbracht und das Opfer zufälligerweise bei seinem letzten abendlichen Rundgang entdeckt. Mitbekommen von der Tat hatte er nichts, da er an dem Abend auch noch alkoholisiert gewesen war. Als Täter hatten ihn meine Kollegen deswegen automatisch ausgeschlossen.

Die Familie Bender war ebenfalls befragt worden, hatte aber nichts beitragen können. Sie hatten lediglich ausgesagt, dass sich ihre Tochter länger nicht gemeldet habe. Jedoch hatten sie sich nichts weiter dabei gedacht, weil sie davon ausgegangen waren, dass sie in der Klausurphase steckte. Hatte der Täter gewusst, dass sich die Eltern so verhalten würden? Beobachtete er seine Opfer?

Ich ballte meine Hände zu Fäusten. Warum war Winter dieser Spur nicht nachgegangen? Man musste doch wissen, wie das Mädchen verschwunden war. So kalt, wie er wirkte, musste er schon lange im Dienst sein. Trotzdem verhielt er sich wie ein blutiger Anfänger.

Damit hatte ich mir einen Überblick verschafft und verließ das Besprechungszimmer. Ich brauchte Mayas Hilfe. Sie würde mir die Informationen geben, die ich benötigte.

KAPITEL 9

~ Sarah ~

»Maya, du musst dich zurückhalten«, ermahnte ich meine Kollegin. »Wir stehen alle hinter Sascha, aber wenn wir das Felix zu offen zeigen, wird es böse enden.«

Sie seufzte. »Aber ihn kann doch eh keiner leiden.«

Ein Schmunzeln konnte ich mir nicht unterdrücken. »Das mag sein, aber haben wir ihm überhaupt eine Chance gegeben? Wir haben ihn von Anfang an abgelehnt.«

»Nein, warum auch?«, fragte sie. »Sascha ist doch wieder da. Wir brauchen ihn nicht.«

Ich rollte mit den Augen. »Ja, aber er ist nicht mehr der Alte. Gib ihm Zeit, sich wieder einzufinden. Er hat Schweres durchgemacht.«

Maya atmete tief durch, dann nickte sie. »Natürlich. Ich wünsche mir doch nur, dass alles wieder so wird wie vorher.«

»Aber so wird es nie wieder werden. Dafür ist zu viel passiert.«

Meine Kollegin schnaubte. »Und du hast heute Morgen die pure Weisheit gelöffelt?«

Es klopfte an der Tür, bevor ich etwas darauf antworten konnte. Sascha trat ein und lächelte verlegen. »Ich bräuchte Mayas Hilfe.«

Die grinste breit. »Dein Wunsch sei mir Befehl.«

»Hast du das mit Felix abgesprochen?«

Maya warf mir einen vernichtenden Blick zu, und Sascha schüttelte den Kopf. »Ich soll doch etwas über Natalies Verschwinden rausfinden, und das geht nur mit Mayas Talent. Muss ich jetzt jeden Schritt abklären?«

Ich schüttelte den Kopf. »Nein, natürlich nicht. Ich habe es ja nicht böse gemeint.«

Er lächelte mir zu. »Ich weiß. Hilfst du uns?«

Alles klang besser, als weitere Chatverläufe durchzugehen. »Sehr gern. Wenn ich noch mehr von ihrer Selbstverliebtheit lesen muss, kotze ich.«

Sascha lachte, dann stellten wir uns zu Maya. »Kannst du dich in die Daten des Mobilfunkanbieters reinhacken? Ich würde gern wissen, wo sie zuletzt gewesen ist, und ein Bewegungsprofil erstellen, damit ich herausfinden kann, wo sie verschwunden ist.«

Maya zog eine Augenbraue nach oben. »Soll das ein Scherz sein? Das ist ein Kinderspiel. Wissen wir, welcher Anbieter es ist?«

Sascha presste verlegen die Lippen aufeinander, worüber ich lachte. »Ich weiß es zufällig, weil wir die Daten schon angefordert haben. Aber ihr kennt die Unternehmen ja – sie lassen sich ewig Zeit.«

»Gut, gebt mir zehn Minuten, dann bin ich so weit.« Maya verschränkte ihre Finger ineinander und dehnte sie, dann machte sie sich ans Werk.

Es war amüsant, ihr bei der Arbeit zuzusehen. Ihr Blick richtete sich starr auf den Bildschirm, während ihre Hände regelmäßig durch die Haare fuhren. Immer wieder biss sie sich auf die Lippen oder streckte ihre Zunge heraus. Sascha und ich traten zurück, um sie nicht zu stören.

»Danke, dass du vorhin ein ernstes Wörtchen mit Maya geredet hast.«

Ich zuckte mit den Schultern. »Momentan verteidige ich Felix vor den anderen, dabei mag ich ihn nicht einmal. Aber er hat nun einmal die Verantwortung, und deine Rückkehr macht es ihm nicht gerade leicht. Felix ist nicht dumm und weiß, dass wir alle hinter dir stehen.«

Sascha nickte. »Ich weiß. Jedoch passt es mir ganz gut, einmal nicht die Verantwortung zu tragen. Ich muss zuerst meinen Weg zurück finden.«

»Das verstehe ich. Mach dir keine Gedanken darüber. Die anderen werden es schon verstehen.«

Ein lautes »Ha!« erklang, und wir schreckten auf.

»Ich bin drin!«, rief Maya erfreut aus.

Sascha und ich tauschten noch einmal vielsagende Blicke, dann gingen wir zurück zu unserer Kollegin.

»Dann zeig mal her, Meisterin der Computer«, neckte Sascha sie.

»Ihre letzten Daten wurden auf einer Landstraße in der Nähe von Chorweiler empfangen. Danach scheint das Handy ausgeschaltet worden zu sein.«

Sascha legte sich eine Hand ans Kinn, dann fuhr er sich durch das kurze Haar. »Gibt es in der Nähe Verkehrskameras?«

Maya schüttelte den Kopf. »Keine registrierten. Gib mir ein wenig Zeit, dann schaue ich, was ich herausfinden kann.«

Sascha nickte. »Natürlich. Schick mir alle Daten rüber, und ich sehe sie mir noch in Ruhe an.«

Weit kamen wir leider nicht, denn Julian stand in der Tür. An seinem bedröppelten Ausdruck erkannten wir, was uns erwartete. »Wir haben eine weitere Leiche.«

Sascha seufzte. »Dann wollen wir mal, oder?«

Wir hatten uns aufgeteilt. Maya fuhr bei Sascha mit, Olli und Julian in einem anderen Wagen und ich bei Felix. Es störte mich nicht und doch hatte ich das Gefühl, dass es an mir hängen blieb, mich um ihn zu kümmern. Wann hatte ich den Job des Babysitters übernommen? Wieso wehrten sich alle gegen unseren neuen Chef? Ich mochte ihn auch nicht, aber das änderte nichts an der Tatsache, dass der Mann unser Leben zur Hölle machen konnte, wenn er wollte.

»Stimmt es, dass sich Sascha Baumann in Täter hineinversetzen kann?« Die Verunsicherung in seiner Stimme konnte ich deutlich wahrnehmen.

»Sie wissen, dass es eine verzwickte Situation ist. Wir akzeptieren Sie, sind es jedoch gewohnt, von Sascha geordnet zu werden. Ihm liegt viel an dem Job, und er möchte niemandem auf die Füße treten.«

»Sie sind meiner Frage ausgewichen«, bemerkte er spitz.

Ich lächelte. »Ja, er ist so gut, wie man ihm nachsagt. Darf ich Ihnen einen Tipp geben?«

»Da Sie die Einzige aus dem Team sind, die es halbwegs gut mit mir meint, höre ich mir Ihren Rat gern an.«

»Ich weiß nun einmal, dass Sie der Chef sind. Lassen Sie Sascha am Tatort den Vortritt. Wie auch immer es funktioniert, aber er spürt instinktiv, wie der Täter vorgegangen ist. Wenn Sie ihn zügeln, wird es nicht klappen. Er braucht den unberührten Tatort und freie Hand.«

Felix presste die Lippen fest aufeinander und starrte nach vorn auf die Straße. »Wenn ich das mache, gebe ich den letzten Rest meiner Autorität auf.«

Ich schüttelte den Kopf. »Nein, Sie zeigen dem Team, dass Sie unsere Arbeit schätzen. Wir sind eine Familie, und es gibt nichts Schlimmeres als jemanden, der einen nicht achtet.«

Er schwieg, drehte am Lenkrad, und ich glaubte erst, ihn verärgert zu haben. »Danke für Ihre ehrlichen Worte. Ich werde sie mir zu Herzen nehmen.«

Erleichtert atmete ich auf. »Laden Sie das Team zu einem Feierabendbier in die Kneipe um die Ecke ein. Zeigen Sie Interesse an ihnen. Dann wird es leichter für Sie.«

»Warum helfen Sie mir, Sarah? Was erhoffen Sie sich?« Sein Blick wurde lauernd.

Ich seufzte leise. »Ruhe. Ich kenne das Team. Wir sind festgefahren und können frischen Wind gut gebrauchen. Zwar funktionieren wir, aber trotzdem haben wir einen Fehler begangen, der Sascha beinah das Leben gekostet hat. So etwas soll sich nicht wiederholen. Ich habe einen Mann und zwei Kinder – was ist, wenn es das nächste Mal mich anstelle von Sascha trifft? Oder jemand anderes aus dem Team? Man macht sich Gedanken.«

»Die machen Sie sich zurecht. Mörder handeln anders. Sie haben etwas von Tieren, die in die Ecke gedrängt wurden, und so verhalten sie sich auch: aggressiv und unberechenbar. Sascha Baumann hatte Glück.«

Ich nickte. »Ja, das hatte er. Deswegen ist es ein Segen, ihn wieder im Team zu haben. Er wird uns und dem Fall guttun.«

»Ich werde ihm eine Chance geben.«

»Danke«, flüsterte ich, weil ich die Hoffnung hatte, dass beide zusammenarbeiten könnten.

Den Rest der Fahrt schwiegen wir, bis wir den Stadtteil Chorweiler erreichten, in der die Leiche gefunden worden war. Mitten auf einem öffentlichen Platz neben einem Brunnen sollte sie abgeladen worden sein. Der Täter wurde dreister und mutiger. Das machte mir Angst, denn zu was wäre er noch fähig?

Wir parkten den Einsatzwagen hinter dem City Center, das sich direkt neben dem Platz befand. Umso verstörender fühlte es sich an, dass unser Täter diesen Ort und das auch noch am helllichten Tag aufgesucht hatte.

Der Tatort wurde bereits abgesperrt, und Markus kam uns entgegen. Julian und Olli traten zu uns, während Maya und Sascha noch bei seinem Auto standen.

»Was hat er?«, fragte Felix unwirsch.

»Das ist seine Art, an Tatorte heranzugehen. Er lässt die Eindrücke auf sich wirken, dann lässt er sich von seiner Gabe führen«, versuchte ich, den Chef zu beruhigen.

Der grummelte, wandte sich dann aber Markus zu. »Was haben wir vorliegen?«

»Eine weitere tote Frau. Sarina Mittelstädt, zweiundzwanzig Jahre alt. Sitzt unter dem Brunnen. Armes Ding.«

»Danke. Es hat niemand etwas gesehen?«

Markus schüttelte den Kopf. »Wir haben natürlich sofort Fragen gestellt, aber niemand will etwas beobachtet haben. Es scheint, als wäre sie wie von Geisterhand hier abgelegt worden.«

Bei dem Wort Geist zuckte ich kaum merklich zusammen. Das mit den Gespenstern hatte uns bisher kein Glück gebracht.

Felix schien es nicht entgangen zu sein. »Es gibt keine Geister. Wenn er die Frau hier abgelegt hat, muss ihr jemand gesehen haben. Aber gut, dann warten wir mal auf unsere Superspürnase, damit wir uns endlich an die Arbeit machen können. Hoffentlich braucht er keine Stunden bis hierher.«

Ich bemerkte, wie Olli Felix einen finsteren Blick zuwarf, sich jedoch zurückhielt. Zum Glück war Maya bei Sascha, ansonsten hätte sie garantiert etwas Fieses erwidert.

Mit verschränkten Armen sowie wippenden Füßen blickte sich Felix nach Sascha um und verfolgte jeden seiner Schritte, die ihn langsam zu uns führten.

KAPITEL 10

~ *Sascha* ~

Nachdem ich meinen Dienstwagen abgestellt hatte, atmete ich erst einmal tief durch. Mir war flau im Magen, weil ich nicht wusste, ob ich versagen oder alles gut gehen würde.

»Alles in Ordnung, Chef?« Meine Kollegin musterte mich besorgt.

»Natürlich. Aber du solltest das mit dem Chef lassen. Im Moment bin ich nur ein Kollege.«

Sie rollte über meine Mahnung mit den Augen. »Er ist doch nicht hier, also darf ich dich nennen, wie ich möchte.«

Ich schmunzelte, ignorierte ihre patzige Antwort jedoch. »Wir befinden uns auf einem öffentlichen Platz. Hier muss es Kameras geben. Frag Winter, ob du dich danach umschauen kannst, sobald wir die Leiche gesehen haben. Ich brauche jetzt ein wenig Freiraum, um alles auf mich wirken zu lassen. Hoffentlich funktioniert es.«

»Das wird es ganz sicher.« Sie nickte und trat einen Schritt zurück.

Ich schloss meine Augen und suchte nach dem Faden, nach der Spur des Täters. Meine Kollegen empfanden meine Beschreibung irreführend, als wäre ich Theseus im Labyrinth des Minotaurus, der mit dem Geschenk seiner Geliebten seinen

Weg hinaus findet. Nur dass mein Gespür uns zum Täter brachte. Mir gefiel die Beschreibung, ich fand sie zutreffend. Ein Fall konnte sich als Labyrinth entpuppen, und mit meiner Gabe führte ich uns durch die wirren Gänge.

Ich befreite meinen Geist, schob all die Gedanken beiseite, gemeinsam mit meinen Selbstzweifeln. Ich durfte nicht auf sie hören, ansonsten würden sie mich blockieren. Das musste ich verhindern, damit nicht noch mehr Menschen starben.

Konzentriere dich auf den Täter, mahnte ich mich in Gedanken.

Dann spürte ich den Faden, wenn auch schwach. Ich griff danach, bevor ich meine Augen öffnete. Aufregung durchfuhr mich, gepaart mit Erleichterung.

Es funktionierte!

Dann besann ich mich, bevor ich mich zu sehr ablenken ließ.

Wie würde ich das Opfer am besten auf einem öffentlichen Platz verstecken? Tragen wäre zu auffällig. Mit einem Rollstuhl? Für einen Kinderwagen war eine erwachsene Frau schließlich zu groß.

Wir befinden uns mitten in Chorweiler, da achtet sowieso niemand auf andere. Mich umgeben riesige Hochhäuser, deren gewaltiges Ausmaß einen nahezu erdrückt. Hier will man nicht lange bleiben. Da würde ich das Opfer schnell loswerden wollen und als Tarnung mit dem Rollstuhl wegfahren, mit dem ich die Frau transportiert habe. Ja, das klingt nach einem guten Plan.

Wie auf der Flucht warf ich Blicke über meine Schulter und zu den Seiten. Beobachtete mich jemand? Mein Herz raste wie verrückt, doch mir gefiel dieses Spiel. Nein, ich brauchte es. Die Möglichkeit, jeden Moment aufzufliegen, berauschte, trieb mich an. Ich tänzelte über den Platz, glaubte, mich unauffällig zu verhalten, bis ich bei der Absperrung ankam. Dann brach die

Verbindung ab und katapultierte mich mit voller Wucht in die Realität zurück.

Nach mehrfachem Blinzeln sah ich in das grimmige Gesicht meines Vorgesetzten. »Auch endlich angekommen?«

Entschuldigend hob ich die Hände. »Ich hätte das zuerst mit Ihnen absprechen sollen, sorry.«

»Ihre Kollegen haben mich vorgewarnt. Was denken Sie?«

Es verwunderte mich, dass er sich so umgänglich verhielt. »Unser Täter braucht den Nervenkitzel. Wahrscheinlich fehlte der Kick des ersten Mordes, deswegen wird er mutiger. Er muss sein Opfer irgendwie hierherbekommen haben, aber es muss unauffällig geschehen sein. Vielleicht mit einem Rollstuhl. Um dann zu verschwinden, hätte er sich selbst draufsetzen und wegfahren können.«

Nachdenklich musterte mich Winter. »Klingt plausibel.«

»Da wir uns in Chorweiler befinden, wird kaum jemand einen zweiten Blick auf unseren Täter geworfen haben«, warf Olli ein, der unbehaglich die Schultern nach oben zog.

Maya rieb sich die Hände. »Die Menschen vielleicht nicht, aber sicherlich gibt es hier Kameras, die meinem Können keineswegs standhalten.«

»Darauf müssen wir hoffen, denn Spuren wird es hier ebenfalls keine geben. Dafür ist der Platz zu öffentlich.«

Ich zuckte auf Sarahs Worte mit den Schultern. »Das heißt nichts. Vielleicht findest du hier etwas, so wie auf dem Spielplatz. Denk an die kleinen Dinge. Eine bestimmte Zigarettenmarke, Blätter oder was auch immer. Vielleicht isst unser Täter eine bestimmte Sorte Bonbons? Ich habe mich nicht umsonst für euch entschieden. Ihr wisst, wo eure Stärken liegen …«

Ich presste die Lippen aufeinander und sah Winter entschuldigend an. Beinah hätte ich Befehle gegeben und meine Leute zugeteilt.

Der Mann seufzte. »Lasst uns zum Opfer gehen, danach sehen wir weiter.«

Wir duckten uns unter der Absperrung durch – man hatte um die Leiche eine Art Zelt aufgebaut, um neugierige Blicke abzuhalten – und schoben die Plane beiseite, bevor wir eintraten.

Uns umfing der süßliche Geruch des Todes, der sich schal auf meine Zunge legte. Fast hatte ich dieses Gefühl vermisst. Die Sonne schien auf das Zelt und ließ die Temperaturen steigen. Schweißperlen schlichen sich auf meine Stirn, die ich verstohlen wegwischte.

Die Frau saß in Lumpen gekleidet und mit weit aufgerissenen Augen auf dem Boden neben dem Brunnen. Über ihr befand sich das Gesicht eines Wasserspeiers, der über sie zu wachen schien. Das dunkle Haar stand wirr in alle Richtungen ab und stand vor Dreck. Ihre Hände waren zu Fäusten geballt. Sarah griff in ihre Umhängetasche und holte eine Kamera sowie kleine, gelbe Schildchen mit Nummern heraus, die sie im Zelt verteilte, hervor. Sie begann, ein Foto nach dem nächsten zu schießen. *Klick – Klick – Klick*. Das ratternde Geräusch zerrte an meinen Nerven, trieb weitere Schweißperlen auf meine Stirn, die dieses Mal nicht von der Hitze kamen, und ließ mich schwer atmen.

Ich musste ruhig bleiben und mich auf meine Atmung konzentrieren. Bloß keine Panikattacke. Das hatte ich gerade alles hinter mir gelassen – oder etwa nicht? Ich sah Lichtpunkte, als würde ich jeden Augenblick das Bewusstsein verlieren, doch dann beendete Sarah das Fotografieren und packte den Apparat weg. Währenddessen fokussierte ich mich auf meine Atemzüge. *Beim Einatmen bis vier zählen, beim Ausatmen bis sechs. Ein ... Aus ... Ein ... Aus ...*

Mit jedem Atemzug beruhigte ich mich ein bisschen mehr, dann klärte sich meine Sicht.

»Sind Sie in Ordnung, Baumann?«, fragte mich Winter, der mich lauernd musterte, ehe er Handschuhe aus seiner Tasche holte und sich überstreifte.

Ich nickte und strich mir fahrig durch das kurze Haar. »Ja, alles gut.«

Misstrauisch beäugte mich mein Vorgesetzter, beließ es aber dabei. »Dann schauen wir uns an, was der Täter uns dieses Mal hinterlassen hat.«

Felix trat vor und schob den Lumpen nach oben. Kaum lagen die Beine frei, hielt er inne. Wir anderen schnappten nach Luft.

»Um Gottes willen«, hauchte Sarah und schlug sich entsetzt die Hand vor den Mund.

Die Beine des Mädchens trugen frische Brandmale. Kaum ein Stück Haut war unversehrt geblieben. Die Wunden hatten die Form und Prägung einer Euro-Münze.

»Das ist furchtbar«, murmelte Olli mit aufeinandergepressten Zähnen.

Felix Winter atmete noch einmal tief durch, dann schob er das Gewand der Frau weiter. Auch auf ihrem Bauch befanden sich weitere Verletzungen, auf der Brust war ein Wort eingeritzt:

Avaritia

»Geiz«, flüsterte Sarah. »Das arme Mädchen. Welche Schmerzen sie erlitten haben …«

»Furchtbare«, knurrte ich. »Was ist mit ihren Händen? Warum sind sie zu Fäusten geballt?«

»Wahrscheinlich, weil sie etwas damit festhält.« Winter griff nach der Hand der Frau. Er hatte Mühe, die Finger zu lösen, doch kaum waren sie geöffnet, fielen mehrere Münzen heraus.

»Die Leichenstarre hat gerade erst eingesetzt. Lange kann sie noch nicht tot sein. Die Münzen passen zum Geiz«, bemerkte Winter und wandte sich seufzend ab.

»Könnten Sie den Mund öffnen?«, bat Sarah, die blass geworden war.

»Was schwebt dir vor, Sarah?«, warf ich ein.

»Es ist ein Gefühl. Er hat das Opfer über und über mit Münzen gebrandmarkt …«

Winter probierte es, doch durch die Leichenstarre gab es keinen Weg, einen Blick in den Rachen des Opfers zu werfen. »Wir werden wohl oder übel auf Doktor Farrish warten müssen. Maya, Sie schauen sich um und suchen nach Videokameras. Sarah, Sie durchsuchen die Umgebung. Julian und Oliver, Sie befragen die Menschen auf dem Platz, ob sie etwas gesehen haben. Und Sie, Baumann, bleiben bei mir.«

Die Kollegen nickten, dann machten sie sich an die Arbeit, während ich mit meinem Vorgesetzten zurückblieb.

»Baumann, ich lasse Ihnen Ihre Freiheiten, aber nutzen Sie es nicht aus.«

»Ich habe nicht vor, Ihre Autorität zu untergraben, *Winter*.«

Er musterte mich mit schmalen Augen, dann wandte er sich wieder dem Opfer zu. »Wo bleibt dieser Farrish? Wir haben keine Zeit zu vergeuden.«

Kaum hatte Winter seine Worte ausgesprochen, wurde die Plane beiseitegeschoben und der kleine, kräftige Mann mit Bierbauch und dunklen, grau durchzogenen, kurzen Haaren trat ein. Die schwarzen Augen wirkten kühl und abgestumpft. Kein Wunder, die Arbeit mit den Toten ging an niemandem spurlos vorbei.

»Doktor Farrish.« Ich nickte dem Gerichtsmediziner zu.

»Herr Baumann, schön, Sie wiederzusehen. Sind Sie wieder einsatzbereit?« Er musterte mein Gesicht, verzog dabei aber keine Miene. Dieser Mann hatte eindeutig zu viel Tod gesehen.

»Muss, eine andere Wahl, als wieder aufzustehen, habe ich wohl nicht, wenn ich nicht auf Ihrem Tisch landen möchte.«

Ein leichtes Lächeln umspielte seine harten Züge. »Dabei hätte ich viel Spaß, Sie aufzuschneiden, Baumann.«

»Ich weiß ja nicht, ob das …« Weiter kam ich nicht, weil Winter dazwischenging.

»Ich freue mich ja für Sie, dass Sie so viel Spaß haben, aber könnten wir bitte weitermachen? Da draußen läuft ein brutaler Mörder frei herum, und Sie haben nichts Besseres zu tun, als sich über den Tod zu unterhalten? Ich bitte Sie!«

»Bei Ihnen hätte ich am meisten Spaß, wenn Sie auf meinem Tisch liegen würden«, knurrte Farrish verhalten, dann wandte er sich dem Opfer zu. »Konnten Sie wieder einmal die Finger nicht von der Frau lassen?«

Auf der Stirn Winters pochte eine Ader, und ich glaubte, dass sein Gesicht eine Nuance roter geworden war. Amüsiert beobachtete ich das Spektakel, jederzeit bereit, die Situation zu entschärfen. Die zwei hatten einander gesucht und gefunden.

»Machen Sie einfach Ihre Arbeit!« Winters Stimme glich einem Knurren.

Der Gerichtsmediziner wandte sich Winter zu und musterte ihn mit schmalen Augen. Das war der Moment, in dem ich eingriff, bevor die Situation eskalierte. »Doc, wissen Sie schon, wann die Tote gestorben ist?«

Sein finsterer Blick wanderte zu mir, dann drehte er sich zu der Frau. Beinah atmete ich erleichtert auf, verkniff es mir aber.

»Ich schätze auf vierundzwanzig bis achtundvierzig Stunden. Das lässt sich hier schwer sagen aufgrund der erhöhten Temperatur im Zelt. Was ich aber sagen kann, ist, dass die Leichenstarre zurückgeht.«

Erstaunt zog ich meine Augenbrauen nach oben. »Ich dachte eher, sie wäre noch nicht lange tot.«

»Wenn Sie ein wenig gewartet hätten, dann hätten Sie die Hände nicht gewaltsam öffnen müssen. Vielleicht haben Sie damit sogar die Ergebnisse verfälscht. Genaueres zu ihrem Tod kann ich erst sagen, wenn ich sie untersucht habe.« Er tastete an dem Mund und Hals der Frau herum. »Aber ich schätze, dass sie erstickt ist. Da ist etwas in ihrem Rachenraum.«

Für einen Moment schloss ich meine Augen und schob das Bild der Frau beiseite. Ich durfte ihr Leid nicht an mich heranlassen, musste es professionell betrachten. Hatte es dem Täter gefallen, der Frau Schmerzen zuzufügen? Irgendwie glaubte ich das nicht. Ich spürte die Fährte des Täters und ließ mich darauf ein. Die Arbeit war sauber ausgeführt worden, und es schien mir, dass es ohne Freude geschehen war. Nein, die Schmerzen waren lediglich Mittel zum Zweck, und der bestand darin, die Menschen von ihren Sünden zu heilen, damit Gott sie nicht ablehnte.

Diese Verbrennungen waren ein Akt der Verzweiflung gewesen, weil sich die Frau nicht hatte ändern wollen, bis seine Verzweiflung in Wut umgeschlagen war und der Täter sie ermordet hatte. Schmerzen bereiteten dem Täter keine Freude.

Doch welches Ziel, außer dem Reinigen von Sünden, verfolgst du, Täter? Bist du ein Pfarrer? Hast du selbst Schmerzen erlitten und dadurch Einsicht erlangt? Wieso bist du von deinem Glauben so besessen? All das fragte ich mich. Die Antworten darauf zu finden, gehörte zu unserem Job.

»Kommen Sie, Baumann. Wir können hier nichts mehr machen«, durchbrach Winter meine Gedanken.

Auf dem großen Platz machte ich Olli und Julian aus, die die Passanten befragten. Sarah lief konzentriert an der Straße entlang. Lediglich Maya war nirgends zu sehen.

»Mich würde interessieren, ob Maya etwas gefunden hat. Sie haben doch nichts dagegen, wenn ich …«

Winter zuckte mit den Schultern, wandte sich ab und ließ mich stehen, um auf Julian zuzugehen.

Dieser Kerl musste seine kühle, distanzierte Art ablegen, wenn er in unserem Team glücklich werden wollte. Wir waren eine Familie, und er versuchte alles, um niemals ein Teil von ihr zu werden.

Ich schüttelte den Kopf, dann holte ich mein Handy aus der Hosentasche und wählte Mayas Nummer.

»Hey, Chef«, meldete sie sich fröhlich.

»Wo treibst du dich rum? Ich komme zu dir.«

Es dauerte einen Moment, bis sie antwortete. Wahrscheinlich schloss sie gerade *Freundschaft mit dem Computer*, wie sie es gern nannte. Dann wirkte sie fahrig und abwesend. »Im Center gibt es einen Technikraum. Da bin ich.«

Ich nickte, auch wenn sie es durch das Telefon nicht sehen konnte. »Okay, ich komme dahin. Bis gleich.«

Nachdem ich aufgelegt hatte, wollte ich es zurück in meine Hosentasche stecken, doch dann vibrierte es erneut.

»Baumann?«, meldete ich mich.

»Sascha, hier ist Kathi. Ich weiß, dass es dir im Moment nicht so gut geht, aber dürfte ich Jonas heute Abend zu dir bringen? Er fragt ständig nach dir.«

Ich seufzte. »Du hast ein Date, richtig?«

»Dir kann man nichts vormachen. Ja, ich habe ein Date, aber Jonas fragt wirklich nach dir.«

»Kathi, ich weiß nicht, ob ich ihn nehmen kann. Ich habe heute wieder angefangen zu arbeiten und im …«

»Du hast was?«, rief sie verwundert aus.

»Ich arbeite wieder.« Es klang, als wäre es etwas Verbotenes, meinen Beruf auszuüben.

»Das ist ja super, Sascha! Freut mich für dich, dass es dir besser geht.« Der Vorwurf war der Freude gewichen. *Verstehe einer diese Frauen.*

»Wir stecken trotzdem in dem Fall fest, und ich kann ihn nicht beaufsichtigen.« Ich seufzte. Sie hörte nur, dass es mir besser ging, und den Rest blendete sie vornehmlich aus.

»Wieso?«, fragte meine Exfrau verwundert.

Manchmal stellte sie sich blöder an, als sie war. »Weil ich zwar arbeite, aber nicht der Chef bin. Ich kann meine Zeiten nicht einfach schieben, Kathi. Heute ist mein erster Tag.«

»Dein Sohn braucht dich.«

Ich rollte mit den Augen. Ihre scheinheilige Art, mit diesen Worten Druck auf mich auszuüben, machte mich rasend. Fehlte nur noch, dass sie motzte, dass ich mit meiner Arbeit verheiratet wäre. Schließlich kannte ich Kathi gut genug. »Ich würde gern Zeit mit ihm verbringen, das weißt du. Heute geht es nur leider wirklich nicht. Wenn du es so nötig hast, dann bezahl ein Kindermädchen dafür. Ich habe gerade keine Zeit für diesen Kinderkram, wir müssen einen Mörder fassen.«

Dann legte ich auf, ohne auf ihre Antwort zu warten. Ich konnte mir bildlich vorstellen, wie Kathi die Hände zu Fäusten ballte und ihre Lippen zu einer schmalen Linie verzog, um ihren Ärger hinunterzuschlucken, damit Jonas nichts davon mitbekam. Sie kannte es nicht, dass ich sie zurückwies.

Trotzdem hätte ich sie gern gesehen, denn wenn sie sich ärgerte, dann sah sie unglaublich süß aus. Kathi konnte man mit einem Gewitter vergleichen. Sie tobte wild und stürmisch, doch am Ende entstand ein wunderschöner Regenbogen. Mein Job hatte unsere Beziehung zerstört, und das war schade. Sie war meine erste große Liebe gewesen, und tief in mir wusste ich, dass ich sie immer vergöttern würde. Daran hatte auch Judith nichts ändern können. Sie wusste das, und auch, dass ich ihr normalerweise keine Bitte abschlagen konnte.

Ein letztes Mal atmete ich tief durch. Mittlerweile war ich im Technikraum angekommen und trat ein. Maya saß vertieft vor den vielen Bildschirmen und trug ein seliges Lächeln im Gesicht. Dieser Raum bedeutete für sie das Paradies auf Erden.

»Was haben wir, Maya?« Da sich Winter nicht mit uns im Raum befand, konnte ich mich ganz natürlich verhalten und brauchte mich nicht zurückhalten, damit mich bloß kein böser Blick zur Strecke brachte.

»Nicht viel. Man sieht nur einen kleinen Ausschnitt, weil der Platz nicht überwacht wird. Aber schau selbst.« Sie rückte beiseite, damit ich mich zu ihr stellen konnte.

Dann spulte sie das Video ein paar Minuten zurück. Man sah nur den überdachten Hinterausgang des Centers, dafür kaum etwas von dem Platz. Es passierten einige Menschen das Bild. Ich wollte meine Kollegin schon fragen, was sie entdeckt haben wollte, als ich es selbst sah. Einen Rollstuhl, in dem eine Frau mit dunklen Haaren saß, die in eine Decke eingewickelt war. Geschoben wurde sie von einem schmächtigen Mann, der ein Basecap tief ins Gesicht gezogen hatte. Sein helles Haar konnte man leicht erkennen. Irgendetwas an ihm kam mir bekannt vor, aber ich vermutete, dass es an meiner Gabe lag, die mich dem Täter näherbrachte.

»Warte, bevor du etwas sagst. Es gibt kein Bild, auf dem man sein Gesicht erkennt. Das habe ich schon überprüft.« Sie tippte auf eine Taste und spulte weiter vor.

»Mit dem Rollstuhl hatte ich also recht.«

Meine Kollegin nickte. Dann ließ sie das Video weiterlaufen. Erneut fuhr der Rollstuhl durch das Bild, auf dem nun die schlaksige Gestalt mit der Kappe saß. »Nicht nur das, Sascha. Du hattest mit allem recht. Deine Spürnase funktioniert noch einwandfrei.«

KAPITEL 11

~ Anna ~

»Liebling«, hörte sie seine sanfte Stimme, die sie aus ihrem Schlaf riss.

»Lass mich«, murrte sie und wandte sich um. Erst als sie die kahle, graue Wand anstatt der sandfarbenen in ihrem Zimmer sah, begriff sie, dass alles kein Albtraum war. Ein Wimmern entwich ihrer Kehle.

»Du brauchst keine Angst zu haben, Liebling. Ich habe dir jemanden mitgebracht, der dir bei der Vorbereitung unserer Hochzeit hilft.« Er strahlte sie an und schien der glücklichste Mensch der Welt zu sein, während sie sich nichts sehnlicher wünschte, als den Fängen dieses Mannes zu entkommen.

Sie legte ihren Arm vor die Augen, betete, dass all das bald ein Ende haben würde, richtete sich auf und bemerkte die junge Frau, die auf dem Boden kauerte und zu schlafen schien. Sie hatte langes, blondes Haar, und unter ihren Augen waren dunkle Schlieren von verwischter Schminke zu sehen. Ihr Körper war in ein schwarzes Kleid gehüllt, das bis zu ihrem Po hochgerutscht war.

»Wer ist sie?«, wollte Anna wissen.

»Eine Sünderin, die Ehebruch begangen hat. Sie wird ihren Soll erfüllen.«

Erschrocken warf Anna einen Blick auf die Frau. »Tu ihr bitte nicht weh.«

Der Peiniger sah seine Auserwählte verwundert an. »Aber nicht doch. Ich würde nie jemandem etwas Zuleide tun. Ich helfe nur bei der Reinigung.«

Anna dachte einen Moment über seine Worte nach. »Aber du wirst dich nicht mit ihr vereinigen?«

Er legte seinen Kopf schief. »Aber, Liebling, ich muss ihr die Sünde austreiben.«

Anna presste die Lippen aufeinander. Sie kannte die Frau nicht, aber Anna wollte nicht, dass sie dasselbe durchmachte wie sie. Es musste einen Weg geben, ihn davon abzuhalten und die Blondine zu schützen. »Indem du selbst eine Sünde begehst? Du möchtest mich heiraten, aber betrügst mich mit ihr. Außerdem würdest du dich der Wollust hingeben, Liebster.«

Anna hielt die Luft an und erwartete, dass er sie schlug, weil sie sich ihm entgegengestellt hatte. Doch es kam nichts. Im Gegenteil, er schenkte ihr ein mattes Lächeln. »Du hast recht, Liebling. Ich werde sogleich Buße tun für mein Vergehen und um Vergebung bitten.«

Er packte die Fremde und zerrte sie in Annas Zimmer. Danach griff er nach Annas Handgelenk, zog sie aus dem Raum, verschloss die Tür sorgfältig und führte sie hinunter in den Keller. Das Atmen fiel ihr schwer, zumal der enge Gang sofort auf ihrem Gemüt lastete. Ihre Beine fühlten sich merkwürdig an, und Panik überfiel sie, weswegen sie stolperte. Der Mann fing sie mit einem Arm auf, bevor sie sich verletzen konnte.

»Ich wusste gar nicht, dass du Angst vor Kellern hast, Liebling. Aber du wirst sie überwinden müssen. Atme tief durch.«

Sie ächzte. Bis vor kurzem hatte sie keine Furcht gespürt, wenn sie einen Keller betrat. Doch dann war er gekommen und hatte alles zunichtegemacht. Sie konzentrierte sich auf ihre Atmung. *Ein … aus …*

Nach einer Weile beruhigte sie sich, obwohl ein flaues Gefühl zurückblieb, das schwer auf ihre Brust drückte. Sie wollte nur, dass es endete.

»Ich habe noch eine Überraschung für dich.« Er griff in seine Hosentasche und holte einen silbernen Ring hervor.

Verwundert musterte sie ihn. »Was ist das?«

Er seufzte, dann kniete er sich vor sie. »Wir sind doch verlobt. Also bekommst du einen Ring von mir. Anna, meine Liebste. Du bist das schönste und reinste Wesen auf dieser Welt. Möchtest du meine Frau werden?«

Jede Frau wünschte sich, dass ihr Mann vor ihr auf die Knie fiel und ihr einen romantischen Antrag machte. Doch in dieser Situation widerte es Anna an. Am liebsten hätte sie laut Nein gebrüllt und die Flucht ergriffen. Oder ihn niedergeschlagen. Aber sie besann sich und kämpfte ihren Stolz nieder. »Natürlich möchte ich das, Liebster.«

Vor Glück sprang er auf und steckte ihr den Ring auf den Finger, der ihr Schicksal besiegelte.

Dann griff er erneut nach ihrer Hand und führte sie den Gang entlang, bis sie in einen Raum traten. Die Wände bestanden aus unverputzten Steinen, der Boden aus dunklen Platten. Am Rand stand ein Regal mit mehreren Utensilien, von denen einige wie Peitschen, Gürtel und Hammer aussahen.

»Das ist der Raum der Buße, Anna. Hier wasche ich mich von meinen Sünden rein. Es ist ein Akt der Befreiung. Ich bin mir sicher, du wirst es verstehen und genauso zu schätzen wissen.«

Wollte er etwa, dass sie sich selbst verletzte? Da konnte er lange warten, denn sie stand nicht auf Schmerzen. Er wandte ihr den Rücken zu, um auf den Schrank zuzugehen. Ob das ihre Chance war? Anna kannte den Weg nach oben, aber sie wusste nicht, wie sie das Haus verlassen konnte. Sie bezweifelte, dass sie genug Zeit dafür hatte, den Ausgang zu finden. Mal davon abgesehen, dass er Werkzeug in der Hand hielt, mit dem er Anna ernsthaft verletzen konnte.

Als das Leder auf seinen Rücken klatschte, zuckte sie zusammen und unterdrückte ein Würgen. Sie musste raus. Vielleicht war dies wirklich ihre einzige Chance, zu entkommen, und sie würde sie nicht ungenutzt verstreichen lassen. Sie wandte sich ab und lief davon. Anna hetzte den Gang entlang, als wäre der Teufel höchstpersönlich hinter ihr her. Sie stolperte und schlug hart mit den Knien auf dem rauen Boden auf, sodass sie schmerzvoll aufstöhnte. Doch das Adrenalin beflügelte sie und ließ sie den Schmerz nicht spüren. Sie rappelte sich auf und lief weiter. Als sie die Treppe erreichte, legte sich eine Hand auf ihre Schulter und riss sie herum.

Sie blickte in die eiskalten und wütenden Augen ihres Peinigers und Verlobten.

»Was soll das?«, bellte er sie an.

Sie zuckte zusammen. »Entschuldige, ich … ich konnte mir das nicht ansehen. Es … es hat mir Angst gemacht. Verzeih mir, bitte.«

Seine Gesichtszüge wurden weicher, doch das Misstrauen blieb. »Liebst du mich, mein Liebling?«

Sie nickte fahrig und kämpfte gegen die Tränen an, die sich ihren Weg nach oben bahnten. »Natürlich, Liebster. Ich … ich kann kein Blut sehen. Da hat mich die Panik übermannt, und ich wusste nicht, was ich tat. Verzeih mir bitte.«

Er hob seine Hand, und Anna zuckte zusammen, in der Erwartung, dass er ihr eine schallende Ohrfeige verpassen würde. Doch er legte sie sanft an ihre Wange. »Ich verstehe dich, mein Liebling. Trotzdem muss ich dich bestrafen. Ich hoffe, das ist dir klar. Man läuft vor Gottes Urteil nicht davon.«

Er griff nach ihrem Handgelenk und zerrte sie zurück zu dem Raum der Buße. Erst führte er sie in die Mitte, dann griff er nach der ledernen Peitsche, die er achtlos fallen gelassen hatte. »Wenn du stillhältst und dich benimmst, fällt deine Strafe milder aus, Liebling. Bereue, mein Liebling, und Gott wird dir vergeben.«

Kraftlos ließ sich Anna auf die Knie sinken. Wie viel würde sie noch ertragen müssen? Würde sie durchhalten, bis sie jemand rettete?

Dann holte er aus und traf sie hart am Rücken. Das Leder fraß sich durch den Stoff und brannte wie Feuer auf ihrer Haut. Sie schrie, während er wieder und wieder ausholte, seinen Rhythmus sogar anzog. Dann kam die erlösende Schwärze, die sie für den Moment nichts mehr spüren ließ …

KAPITEL 12

~ Sascha ~

Den Nachmittag verbrachten wir damit, die Ergebnisse der Ermittlungen zusammenzutragen. Zwar waren wir gut vorangekommen, dennoch hatten wir keine wirkliche Spur, die zu unserem Täter führte. Wir wussten, dass er gerissen und definitiv männlich war.

Als wir mit der Besprechung durch waren, erhob ich mich. »Ich würde jetzt gehen und mich in der Kneipe umhören, ob jemand was bemerkt hat bezüglich Natalie. Die Jungs lieben es, zu tratschen. Wäre das okay für euch?«

»Ist das so?«, fragte mein Chef misstrauisch.

Ich seufzte. »Ja, die Kerle verbringen den Tag damit, alles aufzuschnappen, was im Bilderstöckchen los ist. Wenn jemand etwas weiß, dann sie.«

Winter nickte. »In Ordnung. Sarah, Sie gehen mit.«

Wir wechselten verwunderte Blicke, dann zuckten wir mit den Schultern. Sarah verschaffte einem eine angenehme Gesellschaft, und ich mochte sie. Wieso sollte sie also nicht mitkommen? Gemeinsam verließen wir das Dezernat und machten uns auf den Weg zur Kneipe.

Kaum hatten wir die Tür hinter uns geschlossen, wandte ich mich an Sarah. »Was geht in seinem Kopf vor? Glaubt er, ich bräuchte ein Kindermädchen?«

Meine Kollegin zuckte mit den Schultern. »Ich weiß es nicht. Vielleicht möchte er dich nicht allein gehen lassen, weil er Angst um seine Stelle hat? Weil er glaubt, dass du seine Autorität untergraben möchtest?«

»In einer Kneipe? Ich bitte dich. Du weißt, dass ich sowas nicht machen würde. Im Moment bin ich froh, überhaupt zu arbeiten.« Ich rollte mit den Augen.

Ein leichtes Lächeln umspielte Sarahs Lippen. »Ich weiß, Sascha. Aber ich kann ihn auch verstehen. Er hat es ohnehin nicht leicht, sich im Team einzufinden, und dann kommst du wieder. Wir kennen ihn kaum, und deine Anwesenheit erleichtert ihm die Situation nicht. Versteh das bitte nicht falsch, denn ich freue mich, dass du wieder da bist.«

»So wie er sich verhält, ist es mir auch egal. Wir sind eine Familie, und er gibt sich alle Mühe, uns gegen sich aufzubringen. Aber keine Angst, ich weiß, was du meinst.«

Mittlerweile waren wir in der Tiefgarage angekommen.

»Warte einfach ab. Vielleicht öffnet er sich noch. Hinter jedem Charakter steckt eine Geschichte – manche sind fröhlich, andere schrecklich. Aber sie machen uns aus. Seine wird keine schöne sein, ansonsten würde er sich nicht so verhalten.«

Ihre Worte brachten mich zum Schmunzeln. Sarah war unsere gute Seele und sah in den Menschen immer erst das Positive.

»Wir werden sehen. Ich habe eine Idee, wie wir vielleicht mehr über unseren Fall rausbekommen.«

Sie musterte mich. »Los, hau raus.«

Ein breites Grinsen stahl sich auf mein Gesicht. »Wir verheimlichen den Jungs in der Kneipe, dass ich wieder arbeite. Vielleicht reden sie dann offener mit mir. Du weißt ja, einem Polizisten gegenüber verhalten sich viele misstrauisch.«

»Du möchtest also Theaterspielen, um sie zum Reden zu bringen? Hältst du das für klug?« Ihren Missmut über meinen Vorschlag konnte ich deutlich erkennen.

»Versetz dich in ihre Lage. Redest du lieber mit einem Freund oder einem Polizisten?«

Sie seufzte, dann nickte sie widerwillig. »Es gefällt mir nicht, aber deine Argumente wiegen mehr als der normale Menschenverstand. Dann sollten wir aber auch zeitversetzt auftauchen, denkst du nicht?«

»Ja, da hast du recht. Gib mir fünf Minuten, dann kannst du zu uns stoßen und so tun, als würdest du dir Sorgen um mich machen, weil du mich eigentlich gern zurück im Dienst hättest.«

»Natürlich, Sascha. Das bekomme ich hin. Ich hoffe, wir finden etwas heraus.«

»Das hoffe ich auch. Wir sehen uns dann gleich in der Kneipe.«

Sie nickte, anschließend gingen wir zu unseren Autos.

Ich parkte meinen Wagen auf meinem Stellplatz vor meiner Wohnung und ging die letzten Meter zu Fuß. In der Kneipe umfing mich der mir allzu bekannte Geräuschpegel, gemischt mit dem Geruch von Alkohol und abgestandenem Schweiß.

Mir gefiel das nicht, und doch hatte er etwas Vertrautes. Den ganzen Tag über hatte mich eine Unsicherheit begleitet, die sich hier in der mir bekannten Umgebung in Luft auflöste.

Am Tresen saßen Johannes und Annegret und unterhielten sich mit der Bardame Carolin. Von den anderen Konsorten war noch nichts zu sehen. Als Johannes mich bemerkte, strahlte er über das ganze Gesicht.»Herr Kommissar! Schön, dich zu sehen. Wie geht's dir?«

Seine fröhliche Art steckte an.»Mir ging es nie besser.«

»So etwas hört man doch gern.« Er winkte Carolin zu und deutete auf mich.»Machens dem Kommissar ein Bier, Liebchen.«

Keine Minute später stand ein Kölsch vor mir. In dem Moment trat Sarah ein, warf einen Blick in die Runde und kam auf uns zu.

»Was en lecker Mädche.«

Ich hob meine Augenbrauen. Auf die Weise hatte ich Sarah noch nie betrachtet, wollte es aber auch nicht.»Sag so etwas nicht, Johannes. Sie ist meine Arbeitskollegin.«

»Ein wenig Spaß hat noch niemandem geschadet.« Der alte Mann lachte und stupste mich mit dem Ellbogen an.

Ich schüttelte den Kopf.»Sie ist verheiratet und hat zwei Kinder.«

»Da bist du ja«, sagte Sarah und lächelte uns zu.»Ich stand vor deiner Wohnungstür und hab' mehrfach geklingelt. Wie geht es dir? Wir machen uns Sorgen um dich.«

Ich zuckte mit den Schultern.»Mittlerweile wieder ganz gut. Ich setze meine Therapie endlich fort.«

»Das klingt gut. Du fehlst im Team.« Dann wandte sie sich den anderen zu. »Hallo, ich bin übrigens Sarah, eine Kollegin von Sascha.«

»Hallo, Liebchen. Setz dich zu uns. Möchtest du jet trinken?« Johannes belagerte meine Kollegin sofort und versuchte, ihr alles Mögliche an Getränken anzudrehen, die sie dankend ablehnte.

»Wie läuft es mit dem Team?«, fragte ich und versuchte, sie aus den verbalen Fängen des alten Mannes zu befreien.

Sie zuckte mit den Schultern. »Ganz gut, aber du fehlst, genauso wie dein Können. Mit dir hätten wir unseren jetzigen Fall sicherlich schon geklärt.«

Ich zog meine Augenbrauen zusammen. Sie hatte perfekt die Kurve bekommen, um das Gespräch dezent auf unseren Fall zu lenken. »Ihr arbeitet gut zusammen und deswegen schafft ihr die Arbeit auch locker ohne mich. Ich habe euch ausgewählt, weil ihr die Besten seid.«

Johannes schnaubte. »Wir reden schon mit Engelszungen auf ihn ein, dass er endlich seinen Hintern hochbekommt. Aber es scheint, als würde er lieber zu Hause sitzen und nichts tun.

Entschuldigend hob ich meine Hände. »Das stimmt nicht. Ich bin in Therapie.«

»Bei einer Doktorin, die du nicht leiden kannst.«

Bevor ich etwas darauf antworten konnte, wurde die Tür erneut geöffnet und Erik und Paul gesellten sich zu uns.

»Sascha! Wie schön, dich zu sehen«, begrüßte mich Erik und lächelte schleimig. Als er Sarah bemerkte, weiteten sich seine Augen und er fuhr mit dem Blick ihren schlanken Körper entlang. »Wer ist denn deine Begleiterin?«

Ich seufzte. Ehrlich gesagt, mochte ich den Kerl nicht besonders, zumal mich seine schmeichelnde Art störte. »Eine Arbeitskollegin von mir.«

Seine Augen weiteten sich. »Du arbeitest wieder?«

»Nein, sie versucht nur, mich zurück zum Arbeiten zu bewegen. So wie sonst auch immer.«

Ich warf einen Blick auf meine Kollegin, die wie erstarrt Paul ansah. »Sarah? Alles okay mit dir?«

Sie nickte fahrig. »Paul? Bist du das wirklich?«

Das Gesicht des Angesprochenen verdüsterte sich. »Du hast mir heute noch gefehlt.«

»Ihr kennt euch?«, fragte ich verwundert.

»Ja, leider«, knurrte Paul und ballte die Hände zu Fäusten.

Die Anspannung in der Gruppe war greifbar, während alle anderen die zwei verwirrt musterten.

»Er ist mein Ex.« Sarahs Stimme klang dünn.

»Du hast mich verschmäht.«

Sie seufzte. »Wundert es dich, nachdem du mich so offen hintergangen hast?«

Mit angewiderter Miene musterte Paul sie. »Du hast mich für einen Tunesier sitzen gelassen.«

Sarah fuhr sich durch das Haar. »Nein, ich habe mich von dir getrennt, nachdem du eine Affäre mit einer anderen hattest und es darauf angelegt hast, dass ich euch erwische.«

Die Wut hielt ihn fest im Griff, trotzdem ignorierte er Sarah und wandte sich uns zu. »Ich gehe nach Hause. Viel Spaß euch noch.«

Sarah senkte den Kopf. »Ich glaube, ich werde auch gehen.« Sie erhob sich und wandte sich ab.

An der Tür fing ich sie ab. »Bist du in Ordnung?«

Sarahs Augen schimmerten verräterisch. »Es war keine tolle Geschichte damals. Sei mir nicht böse, aber ich werde jetzt gehen.«

Voller Verständnis erwiderte ich ihren traurigen Blick. »Mach dir keine Gedanken, ich komme klar. Wenn was ist, weißt du, dass du mit mir reden kannst.«

Sie nickte, erwiderte aber nichts.

»Bis dann, Sarah.«

»Bis dann.« Sie wandte sich ab und ließ mich stehen. Beinah stieß sie mit Sebastian zusammen, doch sie schenkte ihm keine Beachtung.

Er blickte ihr verwundert hinterher, bevor er den Kopf schüttelte. »Hallo, Sascha. Was für ein stürmischer Abgang. Wer war sie?«

»Hallo, Sebastian. Sarah heißt sie und ist eine Arbeitskollegin. Sie hat probiert, mich zu meiner Arbeit zurückzuholen, weil der jetzige Fall nicht so läuft, wie sie es sich wünscht.« Gemeinsam gingen wir zurück zu den anderen, die das gerade Geschehene schon wieder vergessen hatten, und ließen uns auf einen Barhocker fallen.

»Ist alles okay mit dem Mädchen?«, fragte mich Annegret vorsichtig.

Meine Antwort war ein Schulterzucken. »Ich weiß nicht, was damals zwischen ihr und Paul vorgefallen ist. Aber es scheint übel gewesen zu sein. Dazu kommt, dass sie von der Arbeit gestresst ist, weil sie meinen Job übernommen hat. Im Moment treibt ein Mörder sein Unwesen, wie ihr sicherlich gehört habt.«

»Davon haben wir tatsächlich gehört, aber die Gerüchte sind totaler Mist. Natürlich schweigt die Polizei über den Fall und lässt uns im Ungewissen. Die Bewohner sind erzürnt und fühlen sich nicht mehr sicher.« Sebastian sah finster in die Runde.

»Dann habt ihr mehr mitbekommen als ich. Aber es ist normal, dass nichts von den Ermittlungen preisgegeben wird, um Trittbrettfahrer zu vermeiden.« Ich hatte mir von einem Gespräch mit den Kumpels mehr erhofft.

»Das mag sein, aber uns im Ungewissen zu lassen, ist auch nicht die feine Art«, motzte Erik.

»Das hält die Leute nicht vom Tratschen ab«, murmelte Sebastian.

»Was erzählen sie denn?«, wollte ich wissen.

Er machte ein misstrauisches Gesicht. »Bist du doch wieder im Dienst oder warum stellst du so viele Fragen?«

Ich schüttelte den Kopf. »Lästige Angewohnheit, die sich nicht abstellen lässt. Sorry.«

Sebastian schnaubte. »Sie nennen den Mörder ›Prediger‹. Man munkelt, dass er seine Opfer übel zurichtet und dann eine religiöse Nachricht hinterlässt. Netter Spitzname, oder?«

Ich zuckte mit den Schultern. »Das klingt, als wäre entweder der Name zu nett oder die Kirche zu böse.«

Das brachte die Runde zum Lachen, auch wenn mir eher zum Weinen zumute war. Ich hatte gehofft, etwas Sinnvolles zu erfahren. Stattdessen fand ich nur heraus, dass sie ihm einen Namen verpasst hatten.

Bald darauf verabschiedete ich mich, um mich auf den Heimweg zu machen. Ich war müde und brauchte einen klaren

Kopf, wenn ich den Täter fassen wollte. Deswegen legte ich mich gleich schlafen, kaum dass ich zu Hause angekommen war.

Das Klingeln des Telefons riss mich am nächsten Morgen aus meinem ruhelosen Schlaf. Ich hoffte, dass es aufhören würde, indem ich es ignorierte, doch damit hatte ich mich gewaltig getäuscht. Widerwillig kämpfte ich mich aus meiner Decke und fiel beinah aus dem Bett, weil sich meine Beine darin verfingen.

Als ich das Gerät erreichte, bellte ich ein genervtes »Hallo« hinein.

»Papa?«, vernahm ich die leise Stimme meines Sohnes.

»Jonas? Ist alles okay?« Sorge breitete sich in mir aus und ließ die gerade noch gespürte Wut verrauchen.

»Mir geht es gut, aber Mama ist nicht nach Hause gekommen. Was soll ich machen?«

Seine Worte versetzten mir einen schweren Stich. Es musste etwas geschehen sein, denn Kathi würde Jonas niemals lange allein lassen. Das passte nicht zu ihr. »Ich komme dich holen, und dann schauen wir, dass wir etwas herausfinden. In Ordnung, Sportsfreund?«

»Okay«, vernahm ich seine leise Stimme, dann legten wir auf.

Sofort machte ich mich auf den Weg, um meinen Sohn abzuholen.

Während ich im Auto saß, ließ ich mich mit Winter verbinden. »Baumann, was kann ich für Sie tun?« Er klang gewohnt kalt.

»Mein Sohn hat gerade angerufen. Meine Exfrau ist nicht nach Hause gekommen. Ich muss ihn abholen und würde ihn mit auf's Revier bringen, wenn das okay ist.«

Eine Zeit lang schwieg mein Chef, und ich glaubte, dass er sich überlegte, wie er mir am besten mitteilen konnte, dass keine Kinder auf dem Revier erwünscht seien. Doch dann sagte er. »Gut. Bringen Sie Ihren Sohn mit.«

Erleichterung durchfuhr mich, gepaart mit Verwunderung. »Vielen Dank.«

»Danken Sie mir erst, wenn es vorbei ist. Jetzt beeilen Sie sich!« Dann legte er auf und ließ mich verwirrt zurück.

Nur was genau meinte er mit seiner Aussage? Das Beeilen konnte ich ansatzweise verstehen, aber was meinte er mit dem Danken? Wenn was vorbei war?

Von Anfang an war er mir merkwürdig vorgekommen. Er hatte den Fall schlampig bearbeitet, obwohl man ihm ansah, dass er etwas auf dem Kerbholz hatte. Was also verbarg er? Hatte er mit unserem Fall zu tun? Ich wusste es nicht und traute meinen Instinkten seit unserem letzten Fall nicht mehr zu einhundert Prozent. Deswegen fasste ich einen Entschluss.

Ich wählte Mayas Nummer. »Maya? Du musst mir einen Gefallen tun.«

Sie lachte. »Für dich doch immer, Chef. Was soll ich machen?«

Ein letztes Mal holte ich tief Luft, um mir die Möglichkeit zu geben, mich umzuentscheiden, aber es führte kein Weg daran vorbei. Ich brauchte Sicherheit. »Du musst Recherchen über Felix Winter anstellen. An welchen Fällen hat er gearbeitet und wieso ist er wirklich bei uns? Was für Geheimnisse trägt er mit sich rum?«

Maya schwieg einen Moment. »Will ich wissen, warum?«

»Es geht lediglich um eine Aussage, die er gemacht und mich verwirrt hat. Die anderen sollen davon nichts mitbekommen.«

»Natürlich, Chef. Vermutest du, dass er etwas mit unserem Fall zu tun hat?« Sie kannte mich mittlerweile zu gut.

»Keine Ahnung, aber ich möchte es ausschließen. Ich traue mir selbst nicht mehr.«

Maya schwieg einen Moment. »Ich verstehe. Mach dir keine Gedanken darüber, bei mir ist dein Geheimnis sicher.«

Ich schnaubte belustigt über ihre Aussage, dann legten wir auf und ich konzentrierte mich wieder auf den Straßenverkehr. Als ich in die Straße einbog, in der Kathi mit Jonas wohnte, suchte ich mir einen Parkplatz. Ich hatte mir den Ersatzschlüssel mitgenommen, da Jonas unter keinen Umständen die Tür öffnen sollte, wenn er allein war, und heute war nicht der richtige Tag, um zu überprüfen, wie gut er zuhörte.

»Jonas?«, rief ich, nachdem ich aufgeschlossen hatte und eingetreten war.

Keine Reaktion.

»Jonas? Wo bist du?«

Noch immer keine Antwort.

Was war hier los?

»Verdammt, Jonas! Ich muss zur Arbeit und habe keine Zeit für deine Spiele.« Voller Verzweiflung lief ich durch die Räume, stieß Türen auf und rief nach ihm.

Doch er war nicht aufzufinden.

Er schien wie vom Erdboden verschluckt. Im Wohnzimmer ließ ich mich auf den Boden sinken, lehnte mich an das Sofa und stützte meinen Kopf auf den angezogenen Knien ab.

Wo war mein Sohn?

Mein Herz raste und pumpte dabei die Panik durch meinen Körper, lähmte mich, sodass ich keinen richtigen Gedanken mehr fassen konnte. Mein Atem ging flach und stoßweise, während mir Schweiß auf die Stirn trat.

Jonas war nicht zu Hause, obwohl er mich kurz zuvor noch angerufen hatte. Kathi konnte ich gleichermaßen nirgendwo ausmachen. Was war hier geschehen? Wo war meine Familie? Hatte Winter mich warnen wollen? Hatte er doch etwas mit dem Fall zu tun? War er vielleicht sogar der Prediger?

Diese Gedanken drehten sich im Kreis, blendeten meine Umgebung aus, bis sich irgendwann eine Hand auf meine Schulter legte.

»Sascha?«, vernahm ich eine ruhige, weibliche Stimme, die mir nur allzu bekannt vorkam. Trotzdem fiel mir ihr Name nicht ein, weil sich meine Gedanken noch immer im Kreis drehten. Wo, verdammter Mist, war meine Familie? Wenn ich Winter das nächste Mal sah, konnte er etwas erleben! »Atme ruhig und komm zu mir zurück. Bitte, Sascha.«

Ich versuchte, zu hören, spürte, dass dieser Mensch mir nichts Böses wollte, doch meine Atmung ging unruhig und flach. Die Hand auf meiner Schulter wanderte auf meinen Rücken und zog Kreise, die eine hypnotische Wirkung auf mich hatten. »Komm schon. Tief ein, langsam wieder aus.«

Gehorsam folgte ich der Anweisung und spürte, wie ich mich beruhigte. Mein Herzschlag normalisierte sich, doch das Adrenalin und die Sorge um mein Kind rauschten weiter durch meinen Blutkreislauf. Als ich meine Augen öffnete, sah ich in Sarahs besorgtes Gesicht.

»Habt ihr Jonas gefunden?«

Sie schüttelte den Kopf. »Nein, noch nicht, aber wir werden ihn finden.«

In dem Moment trat Winter zu mir, was meine Wut anfachte. Ich sprang auf und baute mich vor ihm auf, die Hände zu Fäusten geballt. Sein bedrückter Ausdruck ließ mich kalt. »Es tut mir leid. Wir werden Ihren Sohn finden.«

Vor Wut schrie ich ihn an. »Was verheimlichen Sie uns? Sie haben gewusst, was geschehen wird. Dann sind Sie also der Prediger!«

Er presste die Lippen aufeinander und schüttelte erschrocken den Kopf. »Um Gottes willen, nein! Ich bin doch kein Mörder.«

»Das kann jeder behaupten. Jetzt reden Sie schon, Mann«, fuhr ich ihn an und fixierte ihn weiterhin, ließ mir keine Regung von ihm entgehen.

Er seufzte. »Gewusst habe ich es nicht, doch als Sie sagten, dass Ihr Sohn anrufe und Ihre Frau vermisst sei, ahnte ich, was geschehen würde.«

Ich ballte meine Hände zu Fäusten. »Jetzt rücken Sie, verdammt noch mal, mit der Sprache raus! Es reicht langsam.« Mein Vorgesetzter rang sichtlich nach Fassung. Bevor er antworten konnte, vibrierte mein Handy und zeigte Mayas Namen. Ich hob ab. »Chef, ich habe tatsächlich etwas herausgefunden.«

»Warte, ich stelle dich auf ›laut‹. Winter wollte uns gerade etwas berichten. Ich schätze mal, dass sich eure Erzählungen decken werden.« Dann schaltete ich den Lautsprecher ein.

Mit schmalen Augenlidern musterte mich mein Chef. »Sie haben Nachforschungen über mich angestellt?«

Ich zuckte mit den Schultern. »Sie haben sich vorhin so merkwürdig ausgedrückt, dass ich nicht anders konnte. Aber jetzt erzählen Sie erst einmal, was hier los ist.«

Er seufzte. »Wie Sie wissen, hat man mich aus Frankfurt nach Köln versetzt. Ich war lange Zeit krank, und mein Chef meinte, dass mir ein Ortswechsel gut tun würde. Es konnte ja keiner ahnen, dass meine Geister mich bis hierher verfolgen.«

»Sie weichen wieder aus.« Mayas Stimme klang aufgebracht. »Erzählen Sie es, ansonsten packe ich aus!«

Als ob er ertappt worden wäre, blickte er zu Boden. »Ich habe damals einen Fall bearbeitet, der diesem gleicht. Menschen verschwinden spurlos und tauchen eine, manchmal sogar zwei Wochen später wieder auf – und zwar tot und misshandelt. Der Täter hat schon damals diese Botschaft hinterlassen und mit mir gespielt, doch wir haben keinen Hinweis darauf gefunden, wer er ist.«

»Deswegen haben Sie so schlampig recherchiert, weil Sie wussten, dass es nichts ergeben würde.«

Er legte den Kopf in den Nacken und presste die Lippen aufeinander. Dann senkte er den Blick. »Ja, ich kenne sein Vorgehen und weiß, wie sehr er es liebt, mit der Polizei zu spielen. Den Spaß daran wollte ich ihm nehmen und wollte ihn provozieren. Er macht aber keine Fehler.«

Ich schüttelte den Kopf. »Jeder Mensch macht über kurz oder lang Fehler. Deswegen muss man alles überprüfen, egal, wie unnötig es erscheint. Er ist immerhin keine Maschine. Verdammt, Sie sind in dem Fall unser Ass im Ärmel. Also konzentrieren Sie sich und helfen Sie uns, diesen Mistkerl zu schnappen!«

»Er ist noch nicht fertig, Sascha«, mischte sich Maya ein.

»Sie sind wahrlich gründlich. Ein tolles Team haben Sie, Baumann. Wahrscheinlich haben wir wirklich eine Chance, den Kerl gemeinsam zu schnappen.«

»Schön, dass wir uns einig sind. Was verheimlichen Sie uns noch?«

Winter atmete mehrfach tief ein und aus, als ob er Kraft sammeln müsste für das, was als Nächstes kam. »Ich sagte ja, dass der Kerl mit mir gespielt hat. Dieses Mal scheinen Sie das Ziel seiner Aufmerksamkeit zu sein. Aber gut … Er hat damals meine Frau und meinen Sohn entführt. Miri fanden wir …« Er hörte auf und wandte sich ab. Seine Schultern bebten.

Dann erklang Mayas Stimme. »Miriam Winter fand man vor drei Jahren ermordet und mit der Inschrift Ira, also Zorn auf. Von seinem Sohn fehlt bis heute jede Spur.«

Stille.

Keiner wagte es, etwas zu sagen.

Jetzt verstanden wir wenigstens, warum er sich betont kühl gegeben hatte. Er hatte seine Familie verloren und trauerte um sie. Außerdem hatte mein Instinkt mich nicht betrogen. Felix Winter war tatsächlich in den Fall involviert, nur anders, als ich angenommen hatte. Er war nicht unser Täter, sondern selbst ein Opfer.

»Das tut mir so leid, Felix.« Sarah durchbrach das Schweigen mit ihrer gewohnt ruhigen Art.

Er schüttelte den Kopf und wandte sich uns wieder zu. In seinem Gesicht stand ein kämpferischer Ausdruck. »Danke. Meine Frau ist verloren, mein Sohn vielleicht auch, aber Baumanns Familie ist es nicht. Lasst uns auf Verbrecherjagd gehen.«

KAPITEL 13

~ Sarah ~

Die Situation überforderte mich. Einerseits ärgerte ich mich
über Felix, der nicht mit offenen Karten gespielt hatte,
andererseits tat mir sein Schicksal unglaublich leid. Wenigstens
wussten wir jetzt, warum er sich so verhalten hatte.

Außerdem bewunderte ich Sascha für seine Stärke. Er war
lange ausgefallen, obwohl er normalerweise immer aufstand
und weiterkämpfte. Doch der letzte Fall hatte ihn hart
getroffen. Ich erwartete zuerst, dass ihn die Entführung seiner
Familie wieder in sein Loch werfen könnte, doch er überraschte
mich. Wahrscheinlich hielt ihn die Hoffnung, seinen Sohn und
Kathi zu finden, erst recht auf den Beinen.

Allein wenn ich daran dachte, dass man mir meine Babys
wegnehmen könnte, bekam ich Panik. Der Gedanke schnürte
mir die Kehle zu. Und Saschas Sohn ist tatsächlich entführt
worden.

»Warum haben Sie uns das verschwiegen, Winter? Damit
hätten wir den Fall ganz anders angehen können«, riss mich
Sascha aus meinen Gedanken, der gerade sein Handy
wegsteckte. Ich hatte nicht mitbekommen, dass er aufgelegt
hatte.

Felix seufzte. »Können Sie sich das nicht denken? Zum einen hätte ich damit zugeben müssen, dass ich versagt habe. Obendrein stehen wir im direkten Konkurrenzkampf. Außerdem wollte ich mich nicht mit meiner Familie beschäftigen. Die Erinnerungen tun noch immer unfassbar weh.«

Sascha schüttelte den Kopf. »Winter, ich habe Ihre Position nie bedroht. Ich war froh, überhaupt wieder arbeiten zu dürfen. Wie ich die Narben bekommen habe, wissen Sie sicherlich.« Sascha deutete auf seine linke Gesichtshälfte, die wirklich erschreckend aussah.

Felix nickte. »Darüber wird viel im Dezernat gesprochen.«

»Dann wissen Sie auch, dass ich damit schwer zu kämpfen hatte und glücklich bin, überhaupt noch zu leben. Es wird Zeit, dass wir an einem Strang ziehen.«

Sascha war der geborene Anführer. Auch wenn er es nicht bewusst darauf anlegte, so riss er jedes Mal die Autorität an sich.

Felix' trauriger Blick, der an einen geschlagenen Hund erinnerte, belegte sich mit Zuversicht. Er streckte die Hand aus. »Dann wird es Zeit, dass wir uns duzen. Ich heiße Felix.«

Mir fiel ein tonnenschwerer Stein vom Herzen, als sich unser neuer Chef endlich öffnete.

»Sascha.« Als Sascha die Geste erwiderte und einschlug, wusste ich, dass alles gut werden würde. Wir würden Jonas finden und den Fall aufklären.

»Gut, dann lasst uns das Haus durchsuchen und die Nachricht des Täters finden, die er garantiert hinterlassen hat. Jedenfalls war es damals so.«

Obwohl mein Forensikerherz laut protestierte, so wusste ich um die Dringlichkeit. Deswegen schwieg ich und ließ zu, dass wir den Tatort ohne Sicherung durchsuchten. Sascha und Felix waren erfahrene Polizisten. Sie würden schon aufpassen.

Gemeinsam durchkämmten wir Raum für Raum. Vom Wohnzimmer in die Küche und von dort nach oben in die Schlafräume. In Jonas' Zimmer fanden wir die Nachricht, die mit einem Messer auf ein Stofftier gepinnt worden war:

Seht ihr den Mond dort stehen?
Er ist nur halb zu sehen,
Und ist doch rund und golden!
So sind wohl manche Sachen,
Die wir getrost belachen,
Weil unsre Augen sie nicht sehn.

Wir stolze Menschenkinder
Sind faule arme Sünder
Und wissen gar nicht viel;
Wir versinken in Luftgespinsten,
Und suchen viele Künste,
Und kommen weiter von dem Ziel.

So gebiete mir zügig Einhalt,
Oder Frau und Kind entschwinden bald.
So kalt ist der Abendhauch.
Verschon uns, Gott! Mit Strafen,
Und lass uns ruhig schlafen!
Und unsern kleinen Freund auch!

Was sollte uns das nur sagen?

Felix seufzte. »Ich hasse den Kerl.«

Sascha nickte, dann faltete er den Zettel zusammen und steckte ihn in seine Hosentasche. »Kann ich verstehen. Aber es kommt uns zugute, dass du uns bereits erlebte Informationen liefern kannst. Ich sagte ja, du bist unser Ass im Ärmel. Erinnerst du dich noch an die Nachricht, die er dir hinterlassen hat?«

»Ja, aber es war bei weitem kürzer. Ich sehe die Nachricht noch wie damals vor mir:

So sind wir schnell entschwunden.
Man hat sie nie gefunden.
Bietet man mir nicht Einhalt,
So brauche ich Gewalt.
Es schimmert golden in der Nacht,
Gott hält über uns alle Wacht.
Mit schützender Hand achte ich
Und hoffe, Freund, du verstehst mich.

Ich notiere es euch nachher, dann können wir sie miteinander vergleichen.« Felix seufzte leise und wirkte in sich gekehrt.

Doch Sascha gab ihm keine Chance, in der Vergangenheit zu versinken. »Das werden wir. Ich hoffe, der Täter weiß nicht, dass du in unserem Team bist. Dadurch haben wir nämlich einen Vorteil.«

»Gut, dann lasst uns die Spurensicherung anrufen, damit die hier alles auf den Kopf stellen. Es wird Zeit, dass wir uns im Team beraten und die Gedichte auseinandernehmen. Wir brauchen Ergebnisse.« Felix nickte und wirkte gefasster.

Ich dagegen musste mir meinen Kommentar verkneifen, dass wir der Spurensicherung die Arbeit immens erschwert hatten. Doch in dem Augenblick, als wir Kathis Verschwinden bemerkt hatten, hatten unsere Instinkte übernommen. Die Sorge hatte überwogen.

Gemeinsam verließen wir Kathis Haus. Es fühlte sich falsch an und gefiel mir nicht. Hoffentlich ging es beiden gut. Warum gab es diese kranken Menschen? Wieso genossen sie es, mit uns zu spielen? Verdammt noch mal! Gewalt aufzuklären, gehörte zu meinem Job, aber das bedeutete nicht, dass ich es guthieß.

Vor allem traf es meistens unschuldige Personen. Kathi war eine tolle Frau, die man einfach gern haben musste. Still und heimlich hing sie noch immer an Sascha, genauso wie er an ihr. Doch sie kam mit seinem Job nicht zurecht, und ich konnte das verstehen. Timo und ich stritten uns oft genug darüber, denn es bedeutete, dass ich kaum Zeit für meine Familie hatte. Aber wir wussten, dass wir nicht ohne einander konnten. Nicht einmal der Umstand, dass er aus Tunesien kam, hatte uns auseinanderbringen können. Timo nannte es seinerzeit »No Limits«, was unsere Liebe gut beschrieb. Es gab keine Grenzen oder Hindernisse, die uns hätten trennen können. Wir gehörten zusammen. Wenn Sascha und Kathi das auch verstanden, dann würden sie ihre Beziehung wieder hinbekommen.

Vorausgesetzt, wir fanden Kathi und Jonas lebend.

Ich stieg bei Felix ins Auto und musterte meinen Chef. Seit er sich geöffnet hatte, wirkte er merklich geknickt. Seine emotionslose Seite schien nicht mehr zu existieren und war einer verletzlichen gewichen, als hätte die Offenbarung seine Mauer niedergerissen. Ich verstand sein Verhalten und seine abweisende Art. Mit seiner Vergangenheit konfrontiert zu werden, war keine schöne Sache. Er hatte versucht, damit abzuschließen, doch mit dem Fall rissen die alten Wunden wieder auf – brutal und unbarmherzig.

»Alles in Ordnung, Felix?«, fragte ich meinen Vorgesetzten.

Er zuckte mit den Schultern.»Ich habe drei Jahre nicht gearbeitet, weil ich mit dem Verlust meiner Familie nicht zurechtgekommen bin. Drei Jahre habe ich gekämpft und habe mich versetzen lassen, um neu anzufangen. Kaum bin ich wieder im Dienst, werde ich von meiner Vergangenheit heimgesucht. Als würde mich das Schicksal verarschen wollen.«

Ich schüttelte den Kopf.»Nein, so würde ich das nicht sehen. Du hast eine neue Chance bekommen, dein Scheitern wiedergutzumachen.«

Er schnaubte.»Und dann? Bringt mir das meinen Sohn wieder?«

Für einen Moment schwieg ich, dann holte ich tief Luft.»Hat man seine Leiche jemals gefunden?«

Mein Chef verneinte.»Mach mir bitte keine Hoffnung, Sarah. Ich würde es nicht ertragen, wenn diese zerbricht.«

Der Verlust eines Kindes wog schwer, das verstand ich, doch warum sollte man die Hoffnung jemals aufgeben? Man hatte die Leiche seines Sohnes nie gefunden, also bestand die Möglichkeit, dass er noch immer lebte. Vielleicht klang das naiv, aber ich wollte es mir nicht eingestehen, dass es Menschen gab, die kleine Kinder töteten. Ich wusste, dass es sie gab, aber ich glaubte nicht, dass unser Prediger so einer war.

Den Rest der Fahrt schwiegen wir.

Ich fragte mich, wie es Sascha ging. Er hatte gerade erst in den Dienst zurückgefunden, und dann geschah so etwas. Ich hatte Wut und Angst in seinem Blick erkannt. Diese Emotionen hielten ihn aufrecht – doch wie lange?

Ich bewunderte diesen Mann für seinen Mut, seinen Kampfgeist und sein Durchhaltevermögen.

Wir mussten uns beeilen und seine Familie finden.

Das Poltern der Rinne in der Tiefgarage riss mich aus meinen Gedanken. Kaum stand das Auto, sprangen wir hinaus. Am Aufzug trafen wir auf Sascha.

»Sascha, du trommelst das Team zusammen. Ich werde in der Zwischenzeit das Gedicht notieren.«

Er nickte und führte die Anweisung sogleich aus, sobald wir aus dem Fahrstuhl getreten waren. Felix verschwand in seinem Büro. Ich ging direkt in den Besprechungsraum und wartete auf meine Kollegen, die nach und nach eintrafen. Als Letztes stieß Felix zu uns, der in seiner Hand einen Zettel hielt.

»Maya, holen Sie …« Felix schüttelte den Kopf. »Sorry, aber ich bin das Siezen leid. Holst du deinen Laptop? Vielleicht brauchen wir ihn gleich.«

Verwundert sah Maya unseren Chef an, nickte dann aber und verließ den Raum, um kurz darauf mit ihrem Laptop wiederzukommen.

»Wenn wir als Team funktionieren wollen, darf kein Sie zwischen uns stehen.« Dann erzählte er dem Team seine Geschichte. Olli und Julian starrten ihn entsetzt an. Gleichzeitig spürte ich, wie sie sich ihm ebenfalls öffneten. In diesem Moment wuchsen wir als Gruppe zusammen.

»Wir haben also zwei Gedichte, die uns zum Täter führen könnten«, fasste Olli das Gesagte zusammen.

Felix nickte. »Genau darauf wollte ich hinaus.«

»Hm …«, machte Julian und fuhr sich nachdenklich durch seine braunen Haare. »Mir kommt der Text bekannt vor. Als hätte ich ihn schon einmal gehört.«

Maya klappte ihren Laptop auf. »Mir auch, aber ich kann es nicht zuordnen. Ich tippe mal die ersten Zeilen ein, vielleicht finde ich etwas heraus.«

Sascha lachte. »Wenn du nichts herausfindest, dann weiß ich auch nicht weiter.«

Sie streckte ihm die Zunge raus. »Fehlt nur der Spruch: Ich habe euch ja schließlich wegen eures Könnens ausgesucht.«

»Was ja auch nicht gelogen ist.«

Maya schenkte ihm noch ein Lächeln, dann tippte sie auf ihrem Laptop herum. Kurze Zeit später erhellte ein Strahlen ihr Gesicht. »Ich hab's!«

»Los, spuck schon aus!«, bat Sascha sie ungeduldig.

»Es ist ein Lied von Matthias Claudius. ›Abendlied - Der Mond ist aufgegangen‹ heißt es.«

»Deswegen kenne ich es! Ich habe es in der Grundschule gelernt«, warf Julian ein.

»Bist du sicher?«, wollte Felix wissen.

Mein Kollege nickte. »Definitiv.«

Sascha legte seine Hand an sein Kinn – eine Geste, die zeigte, dass er nachdachte. »Worauf könnte das Gedicht also hindeuten? Ist unser Täter zurückgeblieben? Liebt er Kinder? Er könnte Lehrer sein. Jonas' Klassenlehrerin ist zwar eine Frau, aber er hat einen Sportlehrer. Ob es auf ihn hindeuten soll? Meint ihr, dass es so einfach sein könnte?«

»Das klingt fast zu einfach, um wahr zu sein«, murmelte Olli.

Damit hatte er recht. »Vielleicht ist es das. Aber ganz ehrlich? Auf das Leichte zu kommen, ist meistens schwer. Wir denken so kompliziert, dass wir so etwas gern übersehen.«

Felix musterte uns aufmerksam. »Ich weiß es nicht, aber wir müssen der Spur nachgehen. Mehr haben wir im Moment leider nicht. Sascha, du gehst mit Julian zusammen zu Jonas' Schule und wirst die Lehrer ausfragen. Maya werden wir hier brauchen, denn du darfst alles über den Lehrer herausfinden. Seit wann lebt er in Köln? Kam er vielleicht aus Frankfurt? Danach wirst du nach den Verkehrskameras schauen, ob sie etwas aufgezeichnet haben. Oliver, du wirst die Fallakten aus Frankfurt ordern, und Sarah wird sich nach der Spurensicherung erkundigen.«

Damit machten wir uns an die Arbeit. Hoffentlich kamen wir bald weiter, denn mit jeder Sekunde, die verstrich, verloren Jonas und Kathi wertvolle Zeit, die sie das Leben kosten konnte.

KAPITEL 14

~ Sascha ~

Als ich auf den Boden aufschlug, schreckte ich aus meinem
unruhigen Schlaf auf. Wir hatten bis spät in die Nacht über den
Videos der Verkehrskameras gesessen, aber nichts Nützliches
gefunden. Als uns fast unsere Augen zugefallen waren, hatten
wir die Sichtung verschoben. Übermüdet taugten wir nichts
und würden das Wichtige übersehen. Deswegen hatte ich mich
auf die Pritsche in meinem Büro gelegt, nachdem ich eine
Zigarette aus meiner Schublade geholt hatte. Auch wenn ich
erst seit kurzer Zeit wieder arbeitete, trieb mich der Fall an
meine Grenzen, und das Nikotin half mir dabei, klare
Gedanken zu fassen.

Nach dieser unsanften Weckmethode fuhr ich mir durch das
kurze Haar und ging in die Küche, um mir etwas zu trinken zu
holen. Das Rattern der Kaffeemaschine fühlte sich vertraut an
und verdrängte die trüben Gedanken. Alles in mir schrie
danach, aufzugeben, aber das durfte ich nicht. Ich musste für
Jonas und Kathi kämpfen und durchhalten. Sie zählten auf
mich. Auf uns. Ich schüttelte den Kopf, in der Hoffnung, die
miesen Gefühle loszuwerden.

Der Geruch nach frisch gemahlenen Bohnen füllte den
Raum, und ich konzentrierte mich darauf. Kaffeesüchtige

nannten das Gebräu ›Elixier des Lebens‹, und im Moment traf es mehr als zu. Es sollte uns wachhalten, damit wir keine kostbare Zeit verschwendeten, die wir für die Rettung meiner Familie benötigten.

Leise Schritte erklangen auf dem Flur, kurz darauf schlurfte Maya in die Küche. Sie gähnte und streckte sich. Ihre Rastalocken standen wirr in alle Richtungen ab. »Morgen, Sascha.«

»Hallo, Maya. Gut erholt?«

Sie schnaubte belustigt. »Wohl kaum, aber ich habe mich nun einmal für den Job entschieden, also darf ich auch nicht heulen.«

Ich lächelte matt. Damit hatte sie es genau auf den Punkt gebracht. Wir hatten uns für diesen Beruf entschieden und mussten mit den Konsequenzen leben. Schließlich hatten wir gewusst, auf was wir uns einließen. Trotzdem tat es weh, wenn es die Familie traf. Aber mit diesem Team würde ich sie wiederfinden.

Nachdem ich einen Blick auf die Uhr geworfen hatte, die in der schmalen Küche an der Wand hing, seufzte ich. »Ich suche dann mal Julian. Es wird Zeit, den Sportlehrer in die Mangel zu nehmen, bevor der Unterricht anfängt. Wir wollen ja kein unnötiges Aufsehen erregen.«

Ich griff nach meiner Kaffeetasse, dann verließ ich die Küche, um zum Büro meines Kollegen zu gehen, und klopfte leise an.

»Herein?«, erklang Julians ruhige Stimme, dann griff ich nach der Klinke und trat ein. »Ah, Sascha! Ich wollte dich gerade suchen gehen.«

»Da war ich wohl schneller«, feixte ich und erntete dafür ein breites Grinsen. »Wollen wir los?«

Mein Kollege nickte, griff nach seiner braunen Umhängetasche und trat zu mir. Gemeinsam gingen wir zum Aufzug.

»Auch wenn ich gern einen Durchbruch in dem Fall hätte, wünsche ich mir, dass der Sportlehrer es nicht ist«, gestand mir Julian.

Verwundert musterte ich meinen Freund. »Wieso das? Du kennst ihn nicht.«

»Man muss nicht jeden Menschen kennen, um das Gute zu suchen. Aber darum geht es mir nicht. Er arbeitet täglich mit den Kleinen zusammen. Wo kommt unsere Gesellschaft hin, wenn wir nicht einmal mehr den Lehrern trauen können?«

Daraufhin konnte ich nur mit den Schultern zucken. »Damit hast du recht. Wenn ich ehrlich bin, hoffe ich es auch, denn Herr Grismann mochte ich von Jonas' Lehrern immer am liebsten.«

Nachdenklich fuhr sich Julian durch die Haare. »Dann wird er es nicht sein.«

Ein schwaches Lächeln schlich sich auf meine Lippen. »Danke für deinen Optimismus. Trotzdem müssen wir allen Hinweisen nachgehen. So einen Fehler wie bei Ghost mache ich nie wieder.«

»Ich weiß.«

In dem Moment glitten die Aufzugtüren auseinander und unterbrachen unser Gespräch. In einvernehmlichem Schweigen fuhren wir in die Tiefgarage und stiegen in mein Auto. Es würde sich entscheiden, ob wir weiter vorankamen oder in eine Sackgasse liefen.

Als wir vor der Schule parkten, kamen die Erinnerungen zurück und rissen frisch verheilte Wunden wieder auf. Hier hatte ich Judith kennengelernt. Wir hatten hier in der Nähe sogar so etwas wie unser erstes Date. Sie war eine Frau, die das Schicksal gezeichnet und mich mit ihrer Zerbrechlichkeit verzaubert hatte. Ich hatte geglaubt, sie würde das Gleiche für mich empfinden, doch ich hatte mich getäuscht.

Sie hatte mein Herz herausgerissen und darauf herumgetrampelt, sodass es in tausend Stücke zerbrochen war.

Auch an Ghost musste ich denken. Daran, wie sie mich ausgetrickst und unweigerlich mit Judith in Verbindung gestanden hatte. An die Hilflosigkeit, als ich gefesselt auf dem Stuhl gesessen und begriffen hatte, dass ich versagt hatte. Dass ich ihr perfides Spiel nicht bemerkt hatte. Die Narben, die sie mir zugefügt hatte, waren das kleinere Übel, und ich hatte sie mehr als verdient. Jeden Morgen wurde ich im Spiegel an mein Versagen erinnert. Wie ein Mahnmal prangten die verschnörkelten Narben auf meiner linken Gesichtshälfte und zogen sich bis zu meiner Schulter hinunter. Ghost hatte sich redlich Mühe gegeben.

»Sascha?«, vernahm ich Julians Stimme leise durch den dichten Nebel meiner Selbstvorwürfe.

Ich versuchte, mich daran zu klammern, doch es wollte mir nicht recht gelingen. Mein Herz raste wie wild und schickte

Schauer voller Adrenalin durch meinen Körper, die sich wie tausend feine Nadelstiche anfühlten. Sie setzten meinen Verstand und meine Motorik außer Kraft.

»Komm schon, Sascha! Du musst ruhig atmen.«

Erneut die Stimme meines Kollegen. Er erinnerte mich daran, dass ich nicht allein war. Meine Freunde standen hinter mir. Ich musste mich konzentrieren und an das Gute in mir glauben. Durfte mich nicht verlieren, denn Kathi und Jonas glaubten an mich. Nein, sie brauchten mich mehr denn je.

Ich erinnerte mich daran, wie ich mich beruhigen konnte. Tief einatmen und bis sechs zählen. Beim Ausatmen bis vier zählen, einen ruhigen Rhythmus finden.

Es funktionierte einigermaßen.

Trotzdem musste ich hier weg.

An diesem Ort hingen zu viele Emotionen und Erinnerungen. Es war der Ort meiner ersten Begegnung mit Judith. Mein Sohn ging auf diese Schule. Ich verband Positives und Negatives damit, doch im Moment zeigte mir diese Lehranstalt, was ich nicht hatte. Jonas war entführt worden, zusammen mit meiner Exfrau, die mir noch immer viel bedeutete. Auch Judith gehörte nicht mehr zu meinem Leben.

Erneut beschleunigte sich mein Puls, drängte mich dazu, zu fliehen. Wie im Traum nahm ich wahr, dass ich ausstieg und die Beine in die Hand nahm. Ich rannte, als wäre der Teufel höchstpersönlich hinter mir her. Jagte davon, als würde mich mein eigener Schatten verfolgen, dem ich nicht entkommen konnte. Es fühlte sich an, als wäre keine Entfernung weit genug. Doch ich würde nicht ewig davonlaufen können.

Erst als ich auf dem Spielplatz innehielt, auf dem der erste Mord geschehen war, kam ich mit Wucht in der Realität an.

Jonas' Schule befand sich im selben Stadtteil, keine zehn Minuten vom Tatort entfernt. Dieser Ort zog mich magisch an, und ich ging durch den Sand bis zur Schaukel, auf der man unser erstes Opfer gefunden hatte. Ich hatte das Bild vor Augen, sah ihren entstellten Körper. Konnte das Wort auf ihrer Brust sehen. Ob es dem Täter Spaß gemacht hatte, der Frau wehzutun?

Wieso mordete er überhaupt?

Man nannte ihn Prediger, doch welches Ziel verfolgte er wirklich? Wollte er die Menschen von ihren Sünden reinwaschen oder ging es ihm darum, sie zu quälen? Versteckte er sich hinter dem Deckmantel des Glaubens? Verfolgte er den Auftrag Gottes? Wollte er vielleicht den Weltuntergang herbeirufen?

Es gab so viele offene Fragen, und eine brauchbare Spur hatten wir auch keine. Wir hatten ein Gedicht, das eventuell auf einen Grundschullehrer hinwies – das war auch schon alles.

Mein Handy vibrierte und zeigte Julians Namen an. Ich wollte nicht mit ihm sprechen, denn dann müsste ich mich meiner Schwäche stellen. Mal wieder hatte ich gewaltig versagt.

»Sascha?«, vernahm ich eine bekannte Stimme und wandte mich um. Mein Handy verstaute ich in meiner Hosentasche.

»Hallo, Sebastian, schön, dich zu sehen. Wie geht es dir?« Ich schüttelte den letzten Rest meiner Scham und Panik ab und ging auf meinen Kumpel aus der Kneipe zu.

»Es ging mir schon mal besser. Aber ich kann mich nicht beklagen.« Er grinste breit.

»Ja, wir sollten das Leben genießen, anstatt über unser Leid zu klagen.«

»Da hast du recht. Was machst du hier?«

Verwundert über die Frage musterte ich ihn. »Ich habe frische Luft gebraucht und war spazieren. Schließlich wohne ich ja gleich um die Ecke. Was treibt dich hierher?«

Er zuckte mit den Schultern. »Ich wohne gleich da vorn. Diese Straße ist ein Privatgrundstück, und ich habe dich vorher noch nie hier gesehen. Deswegen frage ich.«

Lässig deutete er auf eines der Häuser auf der anderen Seite des Rasens, der den Spielplatz umgab. Es war ein Einfamilienhaus, das nur über eine Etage verfügte. Wie teuer so ein kleines Häuschen war, wollte ich nicht wissen. Ein wenig wunderte es mich, dass sich Sebastian überhaupt so etwas leisten konnte, da er täglich in der Kneipe zu sehen war und ich immer angenommen hatte, dass er nicht arbeitete.

»Ich habe gehört, dass hier eine Frau ermordet wurde. Meine Spürnase hat mich wohl hierhergetrieben. So ganz kann man diesen Instinkt wohl nicht ablegen«, wiegelte ich mein Auftauchen ab. Ich wollte weder zugeben, dass ich wieder ermittelte, noch, dass ich meiner Panik erlegen war.

Mein Gegenüber lachte. »Vielleicht wird es auch einfach nur Zeit, dass du wieder arbeitest. Ich würde dich gern zu einem Kaffee einladen, aber ich bin im Stress. Wir sehen uns sicherlich heute Abend?«

Ich zuckte mit den Schultern, um die Wahrheit, dass ich bereits wieder arbeitete, nicht auszuplaudern. »Weiß noch nicht. Muss mich heute Abend um Jonas kümmern.«

»Ach so, dann viel Spaß dabei.« Sein Lächeln wirkte gekünstelt, als wäre er eingeschnappt, dass ich mir keine Zeit für ihn nahm.

»Danke«, sagte ich deswegen nur knapp. Meinen Sohn mit ins Spiel zu bringen, wühlte mich erneut auf.

Er winkte mir zum Abschied. »Bis bald dann.«

»Mach's gut.« Er wandte sich ab und ließ mich mit rasenden Gedanken stehen.

Ich atmete tief durch, versuchte, mich zu ordnen, dann machte ich mich auf den Weg zurück zu meinem Auto. Allmählich hatten sich meine Nerven beruhigt, und ich konnte wieder klar denken. Ich musste Julian finden, damit ich ihm bei der Befragung helfen konnte. Als ich jedoch an meinem Wagen ankam, steckte unter dem Scheibenwischer ein Zettel.

Hey, Sascha,

fahr heim, ich kümmere mich mit Sarah um die Befragung. Ich hoffe, das ist okay für dich?

Bis später,
Julian

So schnell wurde man also ersetzt, aber ich hatte es mir selbst zuzuschreiben. Ich seufzte. Dabei war doch mein Sohn entführt worden. Sollte ich nicht die Ermittlungen leiten?

Meine innere Stimme lachte mich höhnisch aus. Nein, ich sollte gar nicht an dem Fall arbeiten. Wenn es publik wurde, dass sich Jonas und Kathi in den Fängen des Killers befanden, würde man uns wegen Befangenheit abziehen. Aber genau deswegen waren wir perfekt für den Job. Zumal keine Zeit dafür war, ein neues Team in diese Sache einzuarbeiten. Jede Sekunde zählte, wenn wir meine Familie retten wollten.

Ich zerknüllte das Stück Papier in meinen Händen und warf es weg. Was sollte ich machen? Das Verhör unterbrechen oder meinen Stolz runterschlucken? Ich wollte meine Kollegen nicht bei ihrer Arbeit behindern, deswegen beschloss ich, zurück zum Revier zu fahren und Maya über die Schulter zu schauen. Vielleicht hatte sich ja etwas ergeben.

KAPITEL 15

~ Sarah ~

Julian lief neben Saschas Wagen auf und ab. Wir hätten ahnen müssen, dass die Grundschule seines Sohnes ihn einen Rückfall erleiden lassen würde. Er hatte gerade erst wieder angefangen, zu arbeiten, und die Wunden saßen tief. Dass wir einen so persönlichen Fall erwischt hatten, konnte ihm nicht guttun.

Ich parkte mein Auto hinter dem meines Kollegen und stieg aus. »Wo ist er hin?«

Julian seufzte und zuckte mit den Schultern. »Ich weiß es nicht. Das ging alles so schnell, dass ich kaum hinterherkam. Auf einmal lief er davon und ließ mich perplex stehen.«

Ich musterte meinen Kollegen aufmerksam. »Und du wusstest nicht, wie du mit der Situation umgehen solltest?«

Julians Gesicht färbte sich leicht rot, als er nickte. Irgendwie klang das ironisch, da gerade er der Einfühlsame im Team war. Dass er in so einer Angelegenheit überfordert war, wunderte mich.

»Sascha ist erwachsen und wird wieder auftauchen. Lass uns einen Zettel am Scheibenwischer platzieren und uns um den Sportlehrer kümmern.«

Gesagt, getan. Dann betraten wir den Schulhof, der sich zu füllen schien. Mütter verabschiedeten sich von ihren Kindern, die zu ihren Freunden liefen und über den Hof rannten.

Wenn wir nicht zu viel Aufmerksamkeit erregen wollten, mussten wir uns beeilen. Wir betraten das Schulgebäude und wurden von einer kleinen, gedrungenen Frau mit kurzen, braunen Haaren abgefangen. Sie trug eine graue Hose und ein dunkelrotes Shirt. Einfache Kleidung, die eher praktisch als stilvoll war. Ich vermutete, dass es sich um die Hausmeisterin handelte. Sie musterte uns kritisch und stemmte ihre Hände in die Seiten. »Wer sind Sie und was machen Sie hier?«

Unwillkürlich musste ich lächeln. Es freute mich, dass sich die Frau um die Schule kümmerte und Fremde kritisch beäugte.

Julian und ich wechselten einen flüchtigen Blick, dann griffen wir synchron in unsere Taschen und holten unsere Ausweise hervor. »Mein Name ist Hassen, das ist mein Kollege Wagner. Wir sind von der Kriminalpolizei.«

Die Augen der Frau weiteten sich. »Ist etwas passiert? Wie kann ich helfen?«

»Wir suchen Herrn Grismann, ist er im Haus?«

»Ich … ich bringe Sie zum Lehrerzimmer. Wenn, dann finden Sie ihn dort.« Eiligen Schrittes ging sie voran und führte uns durch einen Gang zu dem besagten Raum.

Sobald die Lehrer uns bemerkten, erstarben die Gespräche. Eine schlanke Frau mit kantigem Gesicht, spitzer Nase und kurzen, roten Locken trat auf uns zu. »Tischler, ich bin die Schulleiterin. Wie kann ich Ihnen helfen?«

»Hassen und Wagner.« Ich deutete erst auf mich, dann auf meinen Kollegen. »Wir sind von der Kripo und suchen Herrn Grismann.«

Ein Mann mit blondem, kurz rasiertem Haar wandte sich uns zu. In seinem mondförmigen Gesicht, mit Sommersprossen und Knollennase, konnte ich den Schrecken erkennen. Hatte der Mann Mordpotential? War er etwa sogar verwundert darüber, dass wir ihn gefunden hatten? Ich wusste es nicht. Mein Instinkt sagte mir, dass er nicht unser Täter war, doch mir fehlte Saschas feines Gespür. Auf seinen sechsten Sinn konnte man sich verlassen, aber er irrte im Moment durch Bilderstöckchen und suchte sich selbst.

»Wie … wie kann ich Ihnen helfen?«, stotterte der Mann aufgeregt. Es war nett, dass er uns unterstützen wollte, doch ich konnte diesen Satz nicht mehr hören.

»Gibt es einen Raum, in dem wir in Ruhe reden können?«, fragte ich.

Frau Tischler nickte. »Sie können mein Büro nehmen. Kommen Sie mit.«

Wir verließen den Raum, um ein Zimmer weiterzugehen. Anschließend traten wir in einen kleinen, vollgestellten Raum. Auf dem Schreibtisch stapelten sich chaotische Blätterstapel. In den Regalen an den Wänden türmten sich Ordner, sodass die Bretter durchhingen. Auf der Fensterbank verwelkten zwei Blumen in grauen Töpfen.

»Danke.« Ich nickte der Schulleiterin zu, die unschlüssig im Türrahmen stehen geblieben war.

Sie öffnete ihren Mund, schloss ihn aber gleich darauf wieder, dann wandte sie sich ab und schloss die Tür hinter sich. Mein Blick richtete sich auf Grismann, der schwer schluckte.

Was hatte der Kerl zu verbergen?

Julian beobachtete den Mann ebenfalls genau und fuhr sich dann durch seine Haare. Wir schwiegen, um ihn aus der

Reserve zu locken. Seine Augen irrten unsicher zwischen meinem Kollegen und mir hin und her, während auf seiner Stirn Schweiß ausbrach.

»Ich habe nichts getan!«

Mit hochgezogenen Augenbrauen blickte Julian dem Mann entgegen. »Wir haben Sie bisher nicht beschuldigt. Aber wenn Sie das schon beteuern, haben Sie womöglich etwas zu verbergen. Stimmst du mir da zu, Sarah?«

Ich nickte, dann verengte ich meine Augen zu Schlitzen. »Wo waren Sie gestern Abend zwischen neunzehn und dreiundzwanzig Uhr?«

Erneut schluckte der Mann schwer, während seine Wangen rote Flecken bekamen. »Ich hatte ein Date.«

Julian und ich wechselten vielsagende Blicke. Hatten wir vielleicht doch unseren Täter gefunden? Aber wieso gab er uns dann so offen Auskunft?

»Mit wem?«, blaffte ich den Mann an, um den Druck zu erhöhen.

Er blinzelte nervös, dann seufzte er. »Sie heißt Katharina. Wieso wollen Sie das wissen? Das Ausgehen mit einer Mutter meiner Schüler ist nicht verboten.«

Diese Aussage jagte einen Schauer Adrenalin durch meinen Körper. Auch Julian sog erschrocken Luft ein. »Meinen Sie Katharina Baumann?«

Er schloss resigniert die Augen, dann nickte er. »Sie ist eine wundervolle Frau und kümmert sich reizend um ihren Sohn.«

»Herr Grismann, wir müssen Sie bitten, mit auf das Revier zu kommen.«

Erschrocken sprang der Mann auf. »Aber warum? Ich habe ihr nichts angetan!«

»Wer sagt denn, dass ihr etwas geschehen ist?«, fragte Julian lauernd und trat auf den Mann zu. »Kommen Sie freiwillig mit oder müssen wir Ihnen Handschellen anlegen?«

Der Mann schüttelte den Kopf. »Ich komme freiwillig mit. Trotzdem habe ich nichts getan. Sie sind von der Kripo, und nachdem ich zugegeben habe, dass Katharina mein Date war, wollen Sie, dass ich mitkomme. Da ist es doch verständlich, dass ich glaube, ihr wäre etwas passiert.«

»Das mag sein, trotzdem werden Sie uns begleiten.« Seine Worte stimmten mich nachdenklich, unser Täter war gerissen. Er würde alles sagen, um uns zu verwirren.

Gemeinsam verließen wir das Zimmer der Direktorin, die vor der Tür stand und auf uns wartete. Als Herr Grismann mit gesenktem Kopf und hängenden Schultern aus dem Zimmer trat, blickte sie verwirrt in die Runde.

»Was ist hier los?«, wollte sie wissen.

»Herr Grismann wird uns auf's Revier begleiten und einige Fragen beantworten müssen.«

Sie nickte. Dann ließen wir die verdutzte Frau stehen, um zu unserer Dienststelle zurückzukehren.

Wir hatten auf unserer Etage einen eigenen Verhörraum, in den wir unseren Verdächtigen brachten. Es klang zu schön, um wahr zu sein. Hatten wir wirklich unseren Täter gefasst? Wo war der Haken?

Kaum waren wir aus dem Aufzug gestiegen, kam uns Sascha entgegen. Zuerst musterte er uns verwirrt, doch als er den Mann erkannte, verengten sich seine Augen. Wut stand darin, und ich befürchtete, dass mein Kollege auf den Mann losgehen würde.

»Wo sind Kathi und Jonas?«, brüllte er den Verdächtigen an, der erschrocken zusammenzuckte.

»Ich habe nichts gemacht«, wiederholte dieser verängstigt.

»Sascha, beruhige dich bitte.«

Vom Gebrüll angelockt, erschienen Maya, Olli und Felix im Gang.

»Ist er unser Mistkerl?«, fragte nun auch Felix und baute sich bedrohlich vor ihm auf.

Ich zuckte mit den Schultern. »Wir werden es sehen.«

Grismann schüttelte den Kopf. »Ich habe nichts gemacht. Reden Sie nicht über mich, als wäre ich nicht im Zimmer!«

Julian schob unseren Verdächtigen weiter in den Verhörraum. Ich hielt die anderen zurück und lotste sie in das Zimmer nebenan, damit wir zuhören konnten.

»Herr Grismann. Danke, dass Sie ohne Probleme mitgekommen sind. Ihnen ist klar, dass Sie Rechte haben?« Julian ging zu dem Regal unter dem Spiegel und holte einen Zettel hervor. »Wir sind dazu verpflichtet, Sie aufzuklären und das schriftlich festzuhalten. Bitte unterschreiben Sie das.«

Er reichte dem Mann den Zettel, der ihn aufmerksam durchlas. Dann seufzte er und unterschrieb. »Ich wüsste weder, warum ich schweigen sollte, noch, warum ich einen Anwalt brauchen sollte. Ich bitte Sie aber, mir endlich zu erklären, was hier los ist. Was wird mir vorgeworfen?«

»Das erfahren Sie noch früh genug. Erzählen Sie uns erst einmal, was gestern geschehen ist.« Julian schenkte ihm ein freundliches Lächeln.

Der Lehrer seufzte. »Das habe ich doch bereits. Wir waren essen, danach habe ich sie nach Hause gebracht und bin selbst heim. Also erzählen Sie mir endlich, was mir vorgeworfen wird! Ich habe ein Recht darauf, das zu erfahren.«

»Immer mit der Ruhe. Wann haben Sie sich getroffen, wann haben sie Kathi zu Hause rausgelassen? Wann waren sie selbst in Ihrer Wohnung?« Er löcherte den Mann mit Fragen, versuchte, ihn weiterhin aus dem Konzept zu bringen.

Herr Grismann lief der Schweiß die Stirn hinab. »Ich habe sie um acht abgeholt, und wir sind dann ins *La Perla* gegangen. Sie hat Spaghetti Bolognese gegessen, ich eine Pizza mit Thunfisch, falls Sie auch das wissen wollen.«

Julian schnalzte mit der Zunge und ließ sich durch die bissige Bemerkung nicht aus dem Konzept bringen. »Das ist tatsächlich irrelevant. Fahren Sie fort und beantworten Sie meine anderen Fragen.«

»Natürlich. Gegen zehn haben wir bezahlt, und ich habe sie nach Hause gefahren. An der Tür haben wir uns verabschiedet. Das war alles. Beantworten Sie jetzt meine Frage? Was wird mir vorgeworfen?«

»Im Moment mehrfacher Mord und Entführung. Wie stehen Sie zum Thema Religion?«

Ich unterdrückte ein Lachen über Julians trockenen Tonfall.

»Bitte was?« Grismann stockte einen Moment, dann erbleichte er, während sich Entsetzen auf seinen Zügen ausbreitete. »Sie glauben, ich wäre der Prediger?«

Julian nickte. »Genau das denken wir.«

»Ich schwöre Ihnen, dass ich nichts damit zu tun habe. Ich war mit Katharina essen und habe sie vor ihrem Haus rausgelassen. Danach bin ich zu meiner Wohnung gefahren und habe geschlafen. Immerhin musste ich arbeiten. Wann hätte ich jemanden ermorden oder entführen sollen?«

»Mein damaliger Mathelehrer hat mir beigebracht, dass den Menschen, die schwören, die Argumente fehlen. Können Sie sonst noch etwas Gehaltvolles beisteuern?«, sagte Julian und stand auf, um sich vor dem Verdächtigen aufzubauen.

»Er war es nicht«, murmelte Sascha.

Die Blicke im Raum richteten sich auf ihn.

»Wie kommst du darauf?«, fragte Felix.

»Er hat bis gerade eben nicht gefragt, was ihm vorgeworfen wird. Das kann darauf hindeuten, dass er mehr weiß als er vorgibt, oder eben, dass er absolut nichts zu verbergen hat. Ich tippe auf Letzteres. Außerdem ist er unsicher und schwitzt. Das passt nicht zu unserem Täterbild. Der Prediger ist überheblich und selbstsicher, aber Grismann hat Angst.«

»Und wenn er es nur spielt?«, warf ich ein. Hatten Julian und ich zu voreilig gehandelt?

»Zeigt ihm die Gedichte«, forderte Felix stattdessen.

Ich nickte und eilte aus dem Hinterzimmer, um eine Kopie des Beweisstücks aus meinem Büro zu holen. Dann ging ich, ohne anzuklopfen, in das Verhörzimmer. Grismann zuckte erschrocken zusammen. Ohne ein Wort reichte ich ihm die Zettel, und er begann, zu lesen.

»Was sollen mir diese Verse sagen?«, wollte er wissen. Ahnungslosigkeit war in seinem Blick zu lesen, die ich ihm irgendwie abkaufte.

»Lasst ihn gehen«, tönte Felix' Stimme durch einen Lautsprecher, was meine Vermutung verstärkte.

»Wir danken Ihnen für Ihre Hilfe, Herr Grismann. Sie dürfen jetzt wieder zu Ihrer Arbeit zurückkehren.« Julian erhob sich.

Der Lehrer blieb sprachlos sitzen, konnte nicht begreifen, dass er tatsächlich entlassen wurde, obwohl es einen Augenblick vorher nicht gut für ihn ausgesehen hatte. »Ich darf gehen?«

»Das dürfen Sie.« Mein Kollege sprach mit samtener Stimme.

»Ist Katharina etwas passiert?«

Julian warf einen Blick zum Spiegel. Wenn er die Information nicht sagen dürfte, würde jemand klopfen. »Sie und ihr Sohn sind entführt worden.«

Grismann seufzte. »Und als ich gesagt habe, dass ich mit ihr aus war, haben Sie gedacht, dass ich etwas damit zu tun habe. Sie ist eine wundervolle Frau. Wenn ich noch irgendwie helfen kann, dann sagen Sie mir bitte Bescheid.«

Julian streckte dem Mann die Hand hin, die er sofort ergriff. »Das werden wir, Herr Grismann.«

Wir verabschiedeten uns von dem Mann und warteten, bis er in den Aufzug trat. Dann rief Felix uns zu einer Lagebesprechung zusammen.

»Also stehen wir wieder am Anfang und mit leeren Händen da«, begann er.

»Wir haben noch immer die Gedichte zu entschlüsseln«, warf Maya ein.

»Das stimmt, aber wir können jetzt immerhin den Zeitpunkt ihrer Entführung auf nach zehn Uhr festlegen. Aber wirklich weiter bringt uns das nicht. Die Frankfurter Kollegen sind außerdem auch nicht die schnellsten. Ich warte noch immer auf die alten Fallakten«, sagte Olli.

Felix atmete tief durch. »Wahrscheinlich sogar auf um kurz nach zehn, sobald Grismann nicht mehr zu sehen war. Aber hilft uns das? Wohl kaum, außer dass es Maya leichter macht, die Zeit ein wenig einzugrenzen. Julian, du schreibst ein Protokoll über das Gespräch. Maya wertet weiterhin die Kamerabilder aus, vielleicht hilft die Uhrzeit ja. Sascha und Oliver, ihr beiden kümmert euch um die Verse.«

Ich räusperte mich. »Was ist mit mir?«

Er schenkte mir ein warmes Lächeln. »Du gehst nach Hause und ruhst dich aus. Du warst die ganze Zeit wach und brauchst Ruhe. Deine Familie wartet sicherlich auf dich. Anschließend darfst du dich gern noch einmal in der Kirche umhören. Vielleicht kann dein Kontakt dir helfen und eine Liste von der Gemeinde erstellen? Vielleicht kennt er ja einen Kontaktmann für den Chorweiler Bezirk?«

»Ob er das kann, weiß ich nicht. Aber ich schaue mich um. Heute Abend ist Messe. Das wäre passend.«

»Gut, dann machst du jetzt Pause, bevor du später zum Einsatz gehst.«

Ein Nicken, dann verabschiedete ich mich von meinen Kollegen. Ich war dankbar für die Pause, trotzdem wäre ich gern bei ihnen geblieben. Es fühlte sich nicht gut an, in den Aufzug zu steigen und nach Hause zu gehen, obwohl ein Täter frei herumlief.

KAPITEL 16

~ *Anna* ~

Als Anna das nächste Mal zu sich kam, schmerzte ihr ganzer Körper. Sie spürte jede Stelle, die ihr Peiniger getroffen hatte, um sie zu bestrafen. Er hatte sie zurück in ihr Zimmer gesperrt und auf den Bauch gelegt. Die blonde Frau, die ihr bei den Hochzeitsvorbereitungen helfen sollte, stand neben ihr und wusch einen Lappen aus.

»Beweg dich nicht. Deine Wunden sehen furchtbar aus.« Sie sprach sanft zu Anna, die sich über die Stärke der Frau wunderte. Die Fremde schien keine Angst zu haben.

»Danke für deine Hilfe«, brachte Anna krächzend heraus.

»Doch nicht dafür. Wir müssen zusammenhalten, dann überstehen wir das Ganze vielleicht.« In ihrer Stimme schwang Hoffnung mit, die Anna bereits aufgegeben hatte.

»Wie kannst du nur so zuversichtlich sein?«

Die Fremde schnalzte mit der Zunge. »Mein Exmann arbeitet bei der Polizei, und er ist der Beste. Er wird nicht ruhen, bis er uns gefunden hat.«

»Warum sollte dein Ex nach dir suchen?« Anna bereute ihren schroffen Tonfall sofort. Sie verstand nicht, wieso die Frau noch Hoffnung hatte, und beneidete sie darum.

»Weil er mich nicht aufgeben würde.« Ihre Worte ließen keine Widerrede zu.

Anna schüttelte den Kopf. Der Mann würde sie nicht rechtzeitig finden. Alles hier war so verworren und irrwitzig, dass es nicht real sein konnte. Doch ihre Schmerzen zeigten ihr, dass sie falsch lag. Der Ring an ihrem Finger erinnerte sie daran, dass sie den Verrückten heiraten würde, wenn ihr niemand half. Wahrscheinlich wollte er auch noch Kinder mit ihr zeugen. Der Gedanke, ihn erneut in ihre Nähe zu lassen, jagte ihr einen unangenehmen, stechenden Schauer den Rücken hinab. Nein, das alles würde nicht gut ausgehen.

»Er wird uns niemals finden. Wir werden eher sterben, als lebend hier rauszukommen.«

Die blonde Frau seufzte. »Was hat er dir nur angetan? Wir dürfen nicht aufgeben, Süße. Mein Name ist Kathi, wie heißt du?«

»Anna«, antwortete sie knapp.

Bevor Kathi ein weiteres Mal nachfragen konnte, was der jungen Frau geschehen war, wurde die Tür aufgeschlossen und der Peiniger trat ein.

Er musterte Anna mit traurigem Blick. »Mein Liebling, es tut mir unendlich leid, was ich dir angetan habe. Wir gehen heute Abend in die Messe. Ich möchte mein Handeln wiedergutmachen.«

Anna unterdrückte einen freudigen Schrei. Das könnte ihre Chance sein, wegzulaufen. »Ich begleite dich sehr gern, mein Schatz.«

Er hielt ihr ein bodenlanges Kleid mit Blumenmuster hin. Hätte es keine Verzierungen, wäre es auch als Kartoffelsack durchgegangen. »Zieh das an und geh vorher duschen. Ich hole dich in einer Stunde ab.«

Der Mann wandte sich ab und verließ den Raum. Die zwei Frauen vernahmen das Rasseln des Schlüssels. Mit einem Lächeln im Gesicht ging Anna in das angrenzende Bad und machte sich für ihre Flucht bereit. Als sie wieder in den Schlafraum trat, saß Kathi auf ihrem Bett und knetete ihre Hände. Sie hob ihren Blick und musterte Anna, die sich das hochgeschlossene, aus kratzigem Stoff bestehende Kleid anzog und daran herumzupfte.

»Wirst du Hilfe holen, wenn du entkommen bist?« Kathi sprach mit leiser Stimme. Anscheinend war sie doch nicht so robust, wie Anna angenommen hatte. Auch sie hielt die Angst fest im Griff.

»Ja, das werde ich«, versprach Anna. Sie wusste, dass sie erst sicher leben konnte, wenn ihr Peiniger gefasst war.

»Geh zu Sascha Baumann im Morddezernat. Das ist mein Exmann. Er wird dir helfen. Vertraue niemandem außer ihm.« Kathis Worte klangen eindringlich, und Anna nickte.

»Warum ausgerechnet dein Exmann? Hat man mit dem Ex nicht immer Probleme?«

Kathi lächelte schwach. »Er liebt mich noch immer. Ich ihn irgendwie auch noch. Wir haben uns getrennt, weil er nicht ohne seinen Job kann. Er ist und bleibt meine große Liebe. Vielleicht sollte ich ihm, wenn ich das hier überstehe, noch eine Chance geben.«

»Das solltest und wirst du.«

Kathi ging zu ihrer Tasche, die hinter der Tür stand. Er hatte ihr zwar das Handy abgenommen, doch das suchte sie nicht. Sie wühlte in dem Beutel, dann nahm sie etwas heraus und reichte es Anna, die den Gegenstand in ihrem Schuh verstaute. Ein letztes Mal umarmten sich die Frauen, dann vernahmen sie schwere Schritte.

»Viel Glück«, flüsterte Kathi.

Im nächsten Moment wurde die Tür aufgestoßen.

»Du bist bereit?«, fragte der Mann, woraufhin Anna nickte. Er streckte ihr eine Hand hin, die sie zögernd ergriff. Sobald er ihr Gelenk zu fassen bekam, legte er ihr einen silbernen Armreif um.

»Das … ist sehr schön, danke«, sagte sie, obwohl sie die Worte nicht ernst meinte. Es war ein einfacher, silberner Reif mit einem metallenen, viel zu großen Kreuz daran.

Ihr Gegenüber lachte. »Dank mir nicht. Das ist meine Versicherung, dass du dich benimmst, Anna. Verrätst du mich oder ergreifst erneut die Flucht, wird es dir ein Gift injizieren.«

Annas Augen weiteten sich. »So … so etwas gibt es nicht wirklich! Nein, das kann nicht sein.« Sie riss ihren Arm los und wollte das enge Band, das ihr in die Haut schnitt, loswerden.

Doch ihr Peiniger lachte bloß. »Zweifelst du an meinen Worten? Dann probiere es gern aus.«

Sie schüttelte den Kopf. »Aber, Liebling, ich dachte, du vertraust mir. Wir wollen doch heiraten. Wieso sollte ich dann weglaufen?«

Er lächelte matt. »Ich vertraue dir, aber ich kenne auch deine Situation. Weißt du, meine Mutter wurde von meinem Vater auf die gleiche Weise auserwählt. Noch verwehrst du dich deinem Schicksal, und solange muss ich uns beide schützen. Deswegen kann und darf ich nicht fahrlässig handeln.«

Angst pulsierte durch ihren Körper und ließ sie wie erstarrt dastehen. Sie fragte sich wieder einmal, warum es ausgerechnet sie getroffen hatte. Als er sich abwandte, eilte sie dem Mann hinterher. Anna musste sich sein Vertrauen erschleichen, wenn sie das alles lebend überstehen wollte. Sie musste eine Möglichkeit finden, Kathis Gegenstand in der Kirche zu platzieren, und dann auf Hilfe hoffen. Konnte das klappen?

Als Anna gemeinsam mit ihrem Peiniger die Kirche betrat, fühlte sie sich beinah frei. Wenn nur dieses Armband nicht wäre … Adrenalin rauschte durch ihre Adern, und sie betete zu Gott, dass sie den Abend heil überstehen würde.

»Samuel?«, vernahmen sie eine weibliche Stimme

Sie wandte sich um und sah eine blonde, groß gewachsene Frau. Unter ihren Augen lagen tiefe Schatten, und ihre Züge wirkten hart, als hätte sie in ihrem Leben einiges einstecken müssen. Trotzdem strahlte sie eine Schönheit aus, die Anna in ihren Bann zog. Samuel – so hieß ihr Peiniger also – betrachtete die Fremde aufmerksam, schien einen Moment mit der Situation überfordert zu sein, doch dann erlangte er seine Fassung zurück. Wer auch immer sie war, ihr Auftauchen hatte ihn verunsichert.

»Sarah, bist du das? Wir haben uns lange nicht mehr gesehen. Fast hätte ich dich nicht erkannt.« Er legte ein Lächeln auf, das seine Augen nicht erreichte.

»Ich habe vor kurzem noch an dich gedacht. Kann es sein, dass wir uns letztens gesehen haben?«

Samuel kämpfte sichtlich mit sich. »Ich kann mich nicht dran erinnern.«

Sie zuckte mit den Schultern. »Vielleicht habe ich mich geirrt. Ist ja auch nicht wichtig. Wer ist die bezaubernde Frau an deiner Seite?«

Anna zuckte merklich zusammen und kassierte einen warnenden Blick. Die Frau machte ihrem Peiniger Angst.

»Das ist Anna, meine Verlobte.«

Freudig umarmte sie Samuel. »Das freut mich für euch. Glückwunsch.«

»Danke«, erwiderte er knapp.

»Es ist ungewöhnlich, wieder in ein Gotteshaus zu treten.« Ehrfürchtig ließ sie ihren Blick durch das runde Gebäude schweifen. Einfache Holzbänke standen in vier Blöcken vor dem auf zwei Stufen erhöhten Altar. Dahinter war ein Bild in die Wand gehauen worden. Ein Lamm und darüber kleine Fenster sowie Linien, die einem Irrgarten glichen. Die Einrichtung war einfach gehalten, und doch fühlte man sich wohl.

»Du warst ja auch lange nicht hier. Bist nach der Heirat mit deinem Tunesier einfach verschwunden. Wie kommt es, dass du dich wieder herwagst?« Sein Tonfall klang lauernd, doch Sarah bekam davon nichts mit.

»Es war Schicksal, Samuel. Wir sind füreinander bestimmt. Da spielt Religion keine Rolle. Meine Mutter hat mich aus ihrem Leben verbannt, und ich habe das alles nicht mehr ertragen. Deswegen bin ich nicht mehr hergekommen. Aus diesem Grund bin ich aus Bilderstöckchen weggezogen. Hast du mitbekommen, dass ich mittlerweile für das Morddezernat arbeite? Ich bin heute eher beruflich hier.«

Annas Augen weiteten sich. Diese Frau konnte ihr helfen. Jetzt verstand sie, warum sich Samuel so sehr vor der Fremden

fürchtete. Vielleicht konnte sie ihr Kathis Gegenstand
zustecken?

»Wir müssen uns setzen, der Gottesdienst fängt gleich an.«
Annas Stimme klang piepsig, weil ihre Kehle zugeschnürt war.

Samuel nickte dankbar. »Es war schön, dich wiedergesehen
zu haben, Sarah.«

Irritiert musterte sie Samuel, der sich abwandte. Anna warf
ihr einen letzten, flehenden Blick zu, den die Polizistin jedoch
als Entschuldigung interpretierte, und lächelte matt. Frustriert
folgte sie ihrem Peiniger in eine der vordersten Bankreihen.

Kurz vor Ende der Messe begann Anna, den Gegenstand,
den Kathi ihr gegeben hatte, aus ihrem Schuh zu fummeln. Sie
brauchte mehrere Anläufe, weil sie nicht auffällig handeln
durfte. Samuel warf ihr einen bösen Blick zu, da sie unruhig hin
und her rutschte und seiner Meinung nach nicht genug
Aufmerksamkeit auf die Predigt richtete.

Dann endlich schaffte sie es, dass der Gegenstand – ein
Stück Papier – ihren Schuh verließ. Vorsichtig schob sie ihn
unter die Bank und hoffte, dass ihn jemand finden würde, um
sie zu retten …

KAPITEL 17

~ *Sarah* ~

Während des Gottesdienstes fühlte ich mich anders. Es war nicht so, dass ich an Gott glaubte, aber die mir bekannte Umgebung tat mir in dem düsteren Fall gut, bot mir eine Ausflucht. Ich beobachtete die Menschen, die demütig ihre Köpfe bei den Gebeten senkten und Herrn Diefenbach mit einem Glitzern in den Augen zuhörten. Sie waren erfüllt und glücklich.

Mein Blick blieb an einem grauhaarigen Schopf hängen, dessen Haare zu einem strengen Knoten zusammengebunden waren. Die gebeugte Gestalt würde ich immer wiedererkennen. Als hätte sie bemerkt, dass ich sie beobachtete, wandte sie sich um und sah mir direkt in die Augen. Die grauen Iriden meiner Mutter blitzten im Erkennen, dann verdüsterte sich ihr Ausdruck und sie wandte sich ab, richtete ihren Blick stur geradeaus.

Als die Menschen nach draußen gingen, hoffte ich, ein Gespräch mit meiner Mutter führen zu können, doch sie sah mich nicht einmal an und ging einfach an mir vorbei. Ihre Ignoranz tat selbst nach zehn Jahren noch weh.

»Mutter, bitte.« Ich griff nach ihrem Arm und zwang sie dazu, stehen zu bleiben.

»Was möchtest du?«, blaffte sie mich an, senkte ihre Stimme dabei. Immerhin befanden wir uns in einem Gotteshaus, und das bedeutete ihr alles.

»Du fehlst mir.« Ich hasste mich dafür, dass meine Stimme dünn und zittrig klang.

Für einen Moment verschwand die Wut aus ihren Augen, die zu meiner Hand sahen. Als sie den Ehering erkannte, verdüsterte sich ihr Ausdruck wieder. »Du hast dich gegen mich entschieden, als du diesen Abschaum geheiratet hast, Sarah. Jetzt lebe mit deiner Entscheidung.«

Ich presste die Lippen fest aufeinander, griff in meine Tasche und zog meine Geldbörse hervor. Daraus fischte ich ein Bild mit meinen zwei Kindern. »Du hast Enkel. Einen Jungen und ein Mädchen.«

Sie warf lediglich einen flüchtigen Blick darauf, dann wandte sie sich ab. »Es interessiert mich nicht. Du hast deine Familie mit Füßen getreten.«

Mit diesen Worten ließ sie mich sprachlos stehen. Tränen brannten in meinen Augen. Obwohl sie mich so abfällig behandelte, taten ihre Worte weh. Sie war meine Mutter, und ich wusste, dass ich sie immer lieben würde. Aber sie hatte recht, denn ich hatte mich für Timo entschieden und musste mit den Konsequenzen leben. Ich liebte ihn und bereute diese Entscheidung keinen Tag.

»Sie ist verletzt«, vernahm ich die Stimme des Paters.

Ich wandte mich ihm zu, nachdem ich mir über die Augen gewischt hatte. Er sollte meine Schwäche nicht sehen. »Sie glaubt, dass ich mich falsch entschieden habe, aber Timo und ich sind füreinander bestimmt.«

Der Pfarrer lächelte sanft. »Vor mir brauchst du dich nicht rechtfertigen, ich freue mich vielmehr darüber, dass du die Messe besuchst.«

Ich erwiderte die freundliche Geste. »Und die Messe war noch immer genauso angenehm wie damals.«

Er musterte mich aufmerksam. »Aber du bist nicht hier, weil du deinen Weg zu Gott zurückgefunden hast. Was liegt dir auf dem Herzen?«

Ich seufzte. »Wir brauchen eine Liste mit allen Gemeindemitgliedern, Pater, und einen Kontakt zu dem Bezirk in Chorweiler.«

Sein Lächeln erstarb. »Das kann ich nicht machen. Du weißt, dass ich meine Schafe beschützen muss.«

Ich presste die Lippen aufeinander. Es hätte ja auch einfach klappen können. »Das weiß ich zu schätzen, aber könntest du keine Ausnahme machen? Es sterben Menschen, und wir müssen alles ausschließen können. Der Täter könnte ein Mitglied dieser Gemeinde sein. Indem du schweigst, hilfst du den Mitgliedern nicht, sondern setzt sie weiterhin der Gefahr aus.«

Er rang sichtlich mit seiner Entscheidung, und es tat mir leid, dass ich ihn unter Druck setzte. »Sarah, ich kann nicht.«

Ich ballte meine Hände zu Fäusten. »Pater, ich versteh dich, aber wir bekommen die Liste so oder so. Wir finden schon einen Weg. Es geht schließlich um Mord. Aber ich würde mich wohler fühlen, wenn wir friedlich auseinandergehen könnten.«

Ich wusste, dass er mich für diese Worte verachtete, dennoch machte es mich Stolz, dass meine Stimme nicht zitterte.

Schließlich seufzte er ergeben. »Du bekommst deine Liste, aber das ist das letzte, was ich für dich mache. Ich mag dich, aber du bist dabei, eine Grenze zu überschreiten. Vielleicht solltest du dich von der Gemeinde weiterhin fernhalten. Zumindest in der nächsten Zeit.«

Ich nickte. »Danke, Pater. Darf ich dich trotzdem darum bitten, uns Bescheid zu geben, wenn dir etwas Merkwürdiges auffällt? Die Frau unseres Chefs wird vermisst. Katharina Baumann heißt sie. Immerhin geht es hier um Leben und Tod.«

Er lächelte matt. »Natürlich würde ich das. Warte einen Moment draußen vor der Sakristei, dann bekommst du deine Liste. Es hat mich gefreut, dich wiederzusehen, meine Liebe.«

Mit den Worten ließ er mich stehen. Ich folgte seiner Bitte und trat nach draußen. Zehn Minuten später trat er zu mir, reichte mir einen Briefumschlag, dann verabschiedete er sich, ließ mich mit meinen wirren Gefühlen zurück.

Als ich mich einigermaßen beruhigt hatte, machte ich mich auf den Weg auf's Revier, damit wir mit dieser Liste arbeiten konnten.

KAPITEL 18

~ *Sascha* ~

Obwohl wir pausenlos ermittelten, hatte ich das Gefühl, dass wir auf der Stelle liefen. Es fehlte der entscheidende Hinweis oder das berühmte letzte Stück vom Puzzle. Doch wir fanden die Lösung nicht. Was übersahen wir?

Wir hatten herausgefunden, dass der Täter seine Opfer eine gewisse Zeit lang gefangen hielt, bevor er sie ermordete. Versuchte er, sie zu bekehren? Oder liebte er es, sie zu quälen? Was geschah, wenn sich ein Opfer seiner Sünde bekannte? Hatten wir es eventuell mit einer Sekte zu tun?

Wir hatten zwar eine gewisse Zeitspanne, um Kathi zu finden, aber das brachte uns nichts, wenn wir auf der Stelle traten. Auch wenn sie meine Ex war, so wollte ich nicht, dass ihr etwas geschah.

»Also, die Kameras helfen uns nicht weiter. Tut mir leid, Chef.«

Ich presste die Lippen aufeinander. »Was ist mit den Ergebnissen der Autopsie von unserem zweiten Opfer?«

»Sie ist an den Münzen erstickt, die der Kerl ihr in den Mund gesteckt hat. In ihrem Magen hat Doktor Farrish weitere gefunden.« Angewidert verzog Maya das Gesicht.

Ich konnte sie verstehen, und das fachte meine Sorge um Jonas und Kathi nur noch mehr an. Was würde er mit ihnen anstellen? »Die armen Mädchen. Wir müssen ihn unbedingt finden. Ich … Verdammter Mist!«

»Wir werden ihn aufhalten, Chef. Du sagst doch sonst immer, dass wir die Besten sind. Glaub an uns. Er hat sich mit dem falschen Team angelegt.« Maya richtete sich auf und grinste frech.

Ich schüttelte den Kopf. Sie hatte es geschafft, mich davor zu bewahren, panisch in meiner Sorge um meine Familie zu versinken. Sie hatte das richtige Gespür gehabt und genau die richtigen Worte ausgesprochen. Das hatte mir Kraft gegeben. »Also kümmern wir uns um das Gedicht. Was möchte er uns damit sagen?«

Meine Kollegin begann, an ihrer Lippe zu nagen. Das war das Zeichen dafür, dass sie angestrengt nachdachte. Auch ich horchte in mich hinein und konzentrierte mich wieder auf den Fall. Ich versuchte, ihn distanziert zu betrachten und nicht zu nah an mich heranzulassen, damit ich mich nicht blockierte. Was wollte der Prediger uns mit den Zeilen mitteilen? Ich schloss meine Lider und ließ die Worte auf mich wirken.

Dann fiel es mir wie Schuppen von den Augen. »Maya! Wieso haben wir das nicht gleich gemacht? Verdammt noch mal. Such das Originalgedicht raus! Wir müssen abgleichen, ob sie übereinstimmen.«

Erkennen blitzte in ihrem Blick auf, dann hämmerte sie auf ihrer Tastatur herum. Keine zwei Minuten später ratterte der Drucker und spuckte zwei Seiten aus.

»Das hättest du auch gekonnt.« Sie lachte und zwinkerte mir zu, als sie mir die Blätter reichte.

Mir entwich ein Schnauben. »Stimmt, aber wofür habe ich dich eingestellt?«

»Hey! Das ist gemein«, empörte sie sich und pustete ihre Wangen auf.

»Danke für deine Hilfe. Magst du mitkommen und mir beim Entschlüsseln helfen?«

Erstaunen breitete sich auf ihrem Gesicht aus, dann nickte sie freudig und sprang auf. »Na klar!«

Gemeinsam gingen wir in den Besprechungsraum, in dem Felix vor der Tafel stand und sie eindringlich musterte. Er schreckte auf und wandte sich uns zu, sah uns fragend an.

»Wir haben das Originalgedicht rausgesucht und wollen es mit unseren persönlichen Nachrichten abgleichen.«

Felix nickte. »Klingt nach einem guten Plan. Ich helfe euch.«

Die einzelnen Zettel legten wir auf den Tisch, dann betrachteten wir sie.

»Gut, was haben wir?«, begann Felix. Mir gefiel seine Art, wie er an die Sache heranging. Zuerst oberflächlich betrachten, dann in die Tiefe gehen. Vielleicht war er keine schlechte Ergänzung für das Team und brachte frischen Wind hinein. Eine neue Sichtweise schadete nie.

»Wir haben einmal das Original, dann einen Ausschnitt davon und etwas, das die Form besitzt, aber nichts mit dem Inhalt direkt zu tun hat«, erklärte Maya.

An dem Wort Form blieb ich hängen und betrachtete das Vorliegende genauer. »Du hast recht. Es hat den gleichen Aufbau sowie dieselbe Reimstruktur.«

Maya grinste breit über das Lob. Auch Felix nickte anerkennend. Man unterschätzte sie schnell und stempelte sie als Computergenie ab. Aber Genie blieb Genie.

»Gut. Dann haben wir das geklärt. Kommen wir zu den Feinheiten. Meine Botschaft hat nur die Struktur, dafür inhaltlich nichts von dem Original.«

»Das stimmt. Bei meinem wurden in den ersten beiden Strophen die Worte ›golden‹, ›faul‹ und ›versinken‹ eingefügt. Die dritte wurde verstärkt angepasst.

»Ihr schaut zu oberflächlich«, ermahnte uns Maya, die seufzte, als wir sie ahnungslos ansahen. »Es ist eine persönliche Nachricht. Zum einen spielt er mit dem Gedicht, wirft dir vor, dass du Dinge nicht siehst. Die Farbe Gold ist ihm wichtig, denn die erwähnt er in beiden Texten, genauso wie das Wort Freund. Außerdem versinkst du und driftest vom Ziel ab. Der Rest ist religiöses Gesülze. Kommt dir davon etwas bekannt vor?«

Sprachlos sahen wir sie an. Sie hatte verdammt recht. Was wollte der Prediger mir sagen? Wollte er Freundschaft mit mir schließen? Diese Chance hatte er sich verspielt, als er seinen ersten Mord begangen hatte. Ich würde ihn jagen, aber niemals als Freund akzeptieren.

Das Goldene passte für mich nicht hinein, doch auch dafür musste und würde es eine Erklärung geben. Gab es etwas Goldenes in meinem Leben? Vielleicht bezog es sich ja auf etwas Religiöses und stand nicht mit mir in Verbindung? Viele der Insignien waren vergoldet oder bestanden ganz aus Gold.

Was mir am meisten Sorgen bereitete, war das Wort ›versinken‹ im Zusammenhang damit, dass ich mich vom Ziel entfernte. Das bezog sich vor allem auf meine Schwächen. Die Angst, zu versagen, mein Selbstmitleid. Judith … Verzweiflung, weil meine Familie verschwunden war.

Wir würden den Fall nur klären, wenn ich meine Schwächen auskundschaftete und analysierte, aber war ich dazu bereit?

Die Tür wurde aufgestoßen, und Sarah stand vor uns. »Entschuldigt. Ich wusste nicht, dass ihr hier seid.«

Felix winkte sie zu uns. »Wir sitzen über den Gedichten. Komm zu uns, vielleicht kannst du uns helfen.«

»Bei den Gedichten kann keiner helfen, weil ich sie entschlüsseln muss«, brummte ich missgelaunt.

»Jawohl, Herr Miesepeter. Ist ja nicht so, dass du ohne mich so weit gekommen wärst.«

»Ich habe nicht gesagt, dass ich es ohne dich geschafft hätte, sondern lediglich, dass ich den Rest allein schaffen muss.« Am Rand bemerkte ich, wie Sarah und Felix hilflose Blicke miteinander tauschten. »Wie auch immer. Was hast du uns mitgebracht, Sarah?« Ich deutete auf den Umschlag in ihrer Hand.

»Der Pater hat mir eine Liste von seinen aktivsten Gemeindemitgliedern zusammengestellt, wenn auch nur widerwillig. Er will seine Gemeinde ja schützen. Kann man schon verstehen.« Sie wirkte geknickt, als sie uns die Dokumente reichte. Kaum hatte sie sich hingesetzt, vibrierte ihr Handy. »Hassen?«

Es folgten einige unzusammenhängende Antworten bestehend aus »Ja« und »Mhm«. Ich wollte wissen, wer sie anrief und worum es ging, doch ich musste mich gedulden.

»Vielen Dank, ich komme gleich vorbei.« Sie nahm das Telefon vom Ohr, wischte darüber und steckte es dann zurück in ihre Tasche. »Das war Herr Diefenbach, der Pfarrer. Nach jedem Gottesdienst geht er persönlich durch die Reihen und schaut, ob etwas liegen geblieben ist.« Sie machte eine Pause und holte tief Luft. »Man … man hat eine Visitenkarte deiner Frau gefunden.«

Meine Augen weiteten sich. »Das heißt, Kathi muss da gewesen sein.«

Sarah schüttelte den Kopf. »Nein, ich war während der Messe anwesend und habe die Menschen beobachtet. Ich hätte sie erkannt.«

»Aber er hat seinen ersten Fehler begangen. Irgendwie ist ihre Karte in die Kirche gekommen, und das bedeutet, dass unser Täter in der Gemeinde ist«, ergänzte Felix. »Damit ist deine Liste Gold wert, Sarah.«

»Worauf warten wir dann noch?« Meine Ungeduld und mein Tatendrang ließen sich nicht zügeln. Ich schob die Gedichte beiseite und wollte die Liste inspizieren.

Doch Felix bremste mich aus. »Sarah und Sascha, ihr fahrt erst einmal zur Kirche und redet mit dem Pfarrer. Maya, du nimmst dir die Liste vor. Ich möchte zu allen potenziell infrage kommenden Mitgliedern Bilder haben und alles über sie wissen, bevor wir mit der Analyse anfangen.«

Tatsächlich war ich mehr als dankbar, Felix an unserer Seite zu wissen, sodass ich nicht protestierte. Seine ruhige, berechnende Art verhinderte übereiltes Handeln.

Sarah und ich standen auf und machten uns auf den Weg zur Kirche. Am Aufzug wurden wir aufgehalten.

»Scheiße, Leute, wir haben ein weiteres Opfer.«

Bei Julians Worten setzte mein Herz einen Moment aus. Adrenalin bahnte sich durch meine Adern und stach wie Millionen kleine Nadeln. Das durfte nicht geschehen sein.

Während wir auf den Aufzug warteten, stand die Sorge groß in unsere Gesichter geschrieben. Wir glaubten alle, dass das nächste Opfer meine Exfrau sein würde, doch ein kleiner Teil in mir hoffte, dass dem nicht so war. Eigentlich betete ich regelrecht, dass es jemand anderes getroffen hatte. Wahrscheinlich hofften das alle meine Kollegen, doch niemand traute sich, ein Wort darüber zu verlieren. Vielmehr herrschte eisernes Schweigen.

»Es kann nicht Kathi sein.« Sarah versuchte, mich zu beruhigen, doch die Sorge war mächtiger als ihre Worte. »Ein vorschnelles Handeln würde gegen sein bisheriges Vorgehen sprechen.«

»Du weißt genau, wie schnell sich das Verhalten des Täters ändern kann, Sarah. Er muss sich nur bedrängt fühlen.«

Wir stiegen in mein Auto und schnallten uns an.

»Ja, ich weiß vieles über das Verhalten von Mördern. Immerhin arbeiten wir schon etwas länger zusammen, und ich durfte einiges lernen.«

Ich wandte mich meiner Kollegin zu. »Also.«

Dann startete ich meinen Wagen und fuhr los. Der Täter hatte sich erneut für den Spielplatz in der Privatstraße entschieden, was mich verwunderte. Mörder wählten niemals zwei Mal den gleichen Tatort. Ob das etwas zu bedeuten hatte?

»Los, sag es schon«, vernahm ich Sarahs geflüsterte Worte, die mich aus meinen Überlegungen holten.

Ich warf ihr einen irritierten Blick zu, richtete ihn dann aber wieder auf die Straße. »Was soll ich sagen?«

»Ich bin schuld, dass es ein weiteres Opfer gibt.« Ihre Stimme zitterte.

»Wie kommst du auf diese Idee?«

»Der Täter war in der Messe, die ich ebenfalls besucht habe, um mich umzusehen. Die Gemeinde kennt mich, immerhin bin ich hier aufgewachsen. Sie wissen, dass ich bei der Polizei arbeite. Er hat mich sicherlich erkannt und sich deswegen bedroht gefühlt. Wegen mir hat er seinen Rhythmus verändert.« Sie presste die Lippen fest zusammen und knetete ihre Hände.

Ich schüttelte den Kopf und wollte nicht, dass sie sich Vorwürfe machte. »Hör auf damit, Sarah. Du bist es nicht, die Menschen ermordet. Er ist es. Also ist es nicht deine Schuld. Außerdem weißt du nicht, was in seinem kranken Kopf vorgeht. Sicherlich ist es gar nicht wegen dir. Du solltest so etwas nicht einmal denken.«

Sie nickte, schwieg aber. Ich hatte versucht, ihr mit meinen Worten Mut zu machen. Es passte nicht zu Sarah, sich Vorwürfe zu machen. Kennengelernt hatte ich sie als starke Persönlichkeit, die sich nicht unterkriegen ließ. Außerdem war sie stets gut gelaunt und hatte immer einen passenden Ratschlag parat. Aber so? Nein, so kannte ich sie nicht.

Wir parkten das Auto auf der Straße neben dem Spielplatz. Ich konnte deutlich erkennen, dass sie tief Luft holte, genauso wie ich. Sie schenkte mir ein schwaches Lächeln, und gemeinsam traten wir auf die Absperrung zu. Wir hielten uns dieses Mal nicht mit Vorgeplänkel auf, sondern ließen die Absperrung gleich hinter uns. Ich suchte dieses Mal auch nicht nach dem Faden, weil ich einfach nur wissen wollte, um wen es sich bei unserem Opfer handelte.

Der Rest der Mannschaft stand ebenfalls schon vor der Rutsche, auf der der Prediger sein Opfer platziert hatte. Mein Herz pochte wild und jagte tausende kleine Nadeln voller Adrenalin durch meinen Körper. Ich hatte das Gefühl, kaum Luft zu bekommen vor lauter Panik. Schweiß trat mir auf die Stirn.

Als wir die Leiche sahen, sogen Sarah und ich scharf die Luft ein …

KAPITEL 19

~ Anna ~

Nach dem Gottesdienst griff Samuel nach Annas Hand und zerrte sie regelrecht nach Hause. Er drückte fest zu und schnürte ihr beinah das Blut ab. Schmerzvoll stöhnte sie auf.

»Du tust mir weh«, murrte sie. Anstatt lockerer zu fassen, verstärkte er den Druck weiter.

Mit jedem Schritt, den sie machten, beschleunigte er das Tempo und jagte durch Bilderstöckchen. Seine Gesichtszüge zeigten eine eiskalte Maske. Ihr Arm begann, zu kribbeln, als sie die Eingangstür hinter sich ließen und er sie grob in das Haus stieß. Sie stolperte und stieß gegen den Tisch im Wohnzimmer, fiel auf den Boden.

Als das schmerzende Pochen in ihrer Seite nachgelassen hatte, rappelte sie sich auf und sah in sein wutverzerrtes Gesicht. Er kam auf sie zu, kniete sich vor sie und packte grob in ihre Haare. Anna schrie schmerzerfüllt auf.

»Gib mir einen Grund, wieso ich dich nicht töten sollte!«, knurrte er.

»Du wolltest mich doch heiraten.« Ihre Stimme klang heiser und voller Angst.

Er grinste schief. »Ich werde eine andere Frau finden, Anna. Eine, die keine Angst vor mir hat und mich nicht verlassen möchte.«

»Samuel«, flüsterte sie. »Ich möchte dich doch nicht verlassen.«

Er schnaubte und lockerte den Griff in ihren Haaren. »Hör auf, mir deine Lügen aufzutischen. Ihr Sünder seid doch alle gleich. Du sagst das, was ich hören möchte, aber meinst es nicht ernst.«

Sie schüttelte hastig den Kopf. »Das stimmt doch nicht.«

Er löste seine Hand und strich sanft über ihre Wange. »Ich dachte wirklich, dass du mich lieben könntest.«

Als sie etwas antworten wollte, legte er ihr einen Finger auf die Lippen und gebot ihren Worten Einhalt. Seine Augen fuhren ein letztes Mal an ihrem Körper entlang, und ein trauriges, aber sehnsuchtsvolles Lächeln breitete sich auf seinem Gesicht aus. Er packte ihre Kehle und schnürte ihr die Luft ab.

Im gleichen Moment wurde die Tür aufgestoßen, und ein zweiter, älterer Mann trat ein. Er hob seine Augenbrauen und musterte Samuel verächtlich. »Was ist hier los? Hast du sie nicht unter Kontrolle?«

»Du traust mir nichts zu, *Vater*.« Das letzte Wort spie er verächtlich aus.

Der andere Mann schnaubte. »Wie denn auch? Du gefährdest unsere Mission.«

»Weil ich die Welt von Sündern befreie?«

»Nein, Samuel. Du willst die Schuldigen nicht retten, sondern möchtest mit der Polizei spielen. Du genießt die Aufmerksamkeit, bist süchtig nach dem Adrenalin der Jagd. Du handelst nicht in Gottes Auftrag, mein Kind.«

»Aber deine passive Haltung ist so viel besser?« Samuel knurrte regelrecht.

Mit schmalen Augen musterte der Ältere seinen Sohn. »Ich habe dich vor deinen Eltern und einem Leben in Sünde bewahrt, und du dankst es mir mit Hass? Ich habe dich gelehrt, dass du Mutter und Vater ehren sollst, damit du lange am Leben bleibst.«

Samuel ballte seine Hände zu Fäusten und musterte den Mann schockiert, dann kniete er sich demütig vor ihn. »Vergib mir, Vater, ich habe meinen Weg aus den Augen verloren.«

»Ich verzeihe dir, mein Kind. Erzähle mir, was dich so zornig gemacht hat.« Der Mann legte Samuel eine Hand auf die Stirn.

»Sarah ist in der Kirche gewesen. Die Polizei ist mir auf den Fersen.« Er sah auf und damit in das wutverzerrte Gesicht des Vaters. Dann schlug der Mann zu und verpasste Samuel eine Ohrfeige.

»Da siehst du, was du von deinen Spielchen hast. Du hattest eine Frau, die sich für den richtigen Weg entschieden hat. Eine, die von Gott auserwählt wurde, aber das war dir nicht genug. Du musstest alles gefährden. Sieh zu, dass du deine Probleme geregelt bekommst! Enttäusch mich nicht. Ein weiteres Versagen gestatte ich dir nicht.«

Der ältere Mann wandte sich ab und verließ die Wohnung seines Ziehsohnes, ließ ihn wütend zurück.

Anna hatte versucht, einige Schritte zwischen sich und ihrem Peiniger zu bringen, dessen Aufmerksamkeit sich wieder auf sie richtete. Hass stand in seinem Gesicht, als er auf sie zutrat.

»Das ist alles deine Schuld!«, schrie er sie an, griff nach ihrem Handgelenk und zerrte sie in den Keller.

Sie kannte den kahlen Raum und ahnte, dass er sie bestrafen würde. Alles andere als sanft stieß er sie in die Mitte, sodass sie hart auf den Knien aufschlug. Kurz darauf durchzuckte sie der erste Schmerz. Sie schrie und bat um Vergebung, doch er hörte nicht auf. Die folgende Bewusstlosigkeit begrüßte sie voller Freude.

KAPITEL 20

~ Sascha ~

Ich taumelte einige Schritte nach hinten, bis ich an einer kleinen Mauer lehnte. Zitternd glitt ich daran hinunter und atmete tief durch. Ob ich weinen oder lachen sollte, wusste ich in dem Moment nicht.

Diese Frau war nicht Kathi.

»Sascha?«, fragte mich Felix, der zu mir getreten war. »Alles in Ordnung?«

Ich nickte. »Es tut mir leid, ich brauche einen kurzen Moment, um das zu verdauen.«

»Ich weiß genau, wie du dich fühlst.« Er senkte seinen Blick.

»Für dich muss dieser Fall mindestens genauso schlimm sein.« Ich rappelte mich auf und räusperte mich. »Genug Sentimentalität. Wir müssen Kathi noch immer finden.«

Felix schnaubte. »Und zwar so schnell wie möglich. So wie das Opfer aussieht, ist er furchtbar wütend.«

Wir waren wieder bei unserem Team angekommen. Die junge Frau hatte zahlreiche blaue Flecken im Gesicht und an den Armen. Ihren Rücken zierten rote Striemen, und das Kleid hing zerfetzt an ihr hinunter. Auf ihrer Brust fanden wir die Handschrift unseres Täters:

Luxuria

»Wollust …«, flüsterte ich. Die Tabelle der Lasterhaftigkeiten und Tugenden, die Pater Diefenbach Sarah gegeben hatte, kannte ich mittlerweile in- und auswendig.

»Wer ist unser Opfer?«, wollte Felix wissen.

»Anna heißt sie«, hauchte Sarah.

Wir wandten uns ihr zu und bemerkten, dass sie nahezu apathisch auf die junge Frau starrte, als würde sie sich jedes kleine Detail einprägen wollen.

»Es ist nicht deine Schuld«, raunte ich ihr zu und legte einen Arm um ihre Schulter, damit ich sie vom Opfer wegdrehen konnte.

Sie schüttelte den Kopf und atmete tief durch, um sich zu fassen. »Das meine ich nicht, Sascha. Ich habe sie heute getroffen. Sie war die Verlobte von einem früheren Freund und sah vor wenigen Stunden noch sehr lebendig aus.«

Konnte es sein, dass wir unserem Täter gerade ein deutliches Stück nähergekommen waren? Ich winkte Maya zu uns. »Hast du dein Tablet oder irgendwas dabei?«

Sie grinste breit. »Als würde ich jemals ohne ein technisches Gerät das Haus verlassen.«

»Sarah, wie heißt der Kerl?«, forderte ich sie auf.

Verwundert musterte sie mich. »Samuel. Du glaubst doch nicht wirklich, dass er etwas damit zu tun hat, oder? Er ist zwar Mitglied der Gemeinde, aber er würde niemals jemandem etwas zuleide tun. Nicht einmal einer Fliege.«

Maya tippte auf ihrem Tablet herum, dann drehte sie es zu uns um. »Ist er das?«

Sarah nickte. »Ja, aber er ist wirklich nicht der Täter.«

Als ich das Bild sah, weiteten sich meine Augen. Ich kannte den Mann, allerdings unter einem anderen Namen … Wie feine Nadelstiche rauschte die Aufregung durch meinen Körper. Es fühlte sich an, als würden wir dem Täter dicht auf den Fersen sein.

»Du sagtest, sein Name sei Samuel?« Ich horchte in mich hinein, versuchte, nach meiner Gabe zu fühlen, doch das Adrenalin verhinderte meine Konzentration.

Sarah machte ein fragendes Gesicht. »Ja, wieso? Wir sind zusammen aufgewachsen.«

Ich deutete auf das Gerät und bemerkte, dass meine Hand leicht zitterte. »Dieser Kerl … Ich kenne ihn. Er nennt sich in der Kneipe Sebastian. Er hat nie von einer Freundin oder Verlobten geredet. Meinst du nicht, dass das komisch ist? Wieso gibt er sich einen anderen Namen?«

Sarah zuckte mit den Schultern. »Ich weiß es nicht. Es muss sich hier sicherlich um eine Verwechslung handeln, Sascha. Er ist nicht böse. Vielleicht wollte er es euch nicht erzählen?«

Maya und ich tauschten verwunderte Blicke. »Wir brauchen so oder so seine Adresse. Denn diese Frau ist seine Verlobte, und er hat es zumindest verdient, benachrichtigt zu werden, oder?«

Maya nickte und tippte wieder auf ihrem Gerät herum. »Ihr glaubt es nicht, aber er wohnt in dieser Straße. Hausnummer 12.«

»Was ist hier los?« Felix war zu uns getreten und bemerkte die Anspannung, die zwischen uns herrschte. »Ich habe Oliver und Julian gerade losgeschickt, um potenzielle Zeugen zu befragen.«

»Wir wollten gerade aufbrechen und den Verlobten der Toten kontaktieren.« Ich hoffte, dass mein Vorgesetzter zwischen den Zeilen lesen konnte.

Sarah schnaubte. »Sag ihm doch gleich, dass du ihn für den Täter hältst. Ich bin nicht dämlich, Sascha.«

Das hatte ich davon, wenn ich ein Team aus den besten Beamten zusammenstellte – sie konnten ebenfalls zwischen den Zeilen lesen.

»Tut mir leid, Sarah. Ich wollte dich nicht verletzen. Damals habe ich den Fehler gemacht und nicht alles in Betracht gezogen. Dafür trage ich diese Narben. Ich möchte nicht, dass du denselben Fehler machst.«

Sie presste die Lippen fest aufeinander und atmete tief durch. »Ich weiß.«

»Da war mehr zwischen euch, oder?«, wollte Felix wissen, der meine Kollegin aufmerksam musterte.

Sie nickte bedrückt. »Wir waren drei Jahre ein Paar, dann ist er in eine andere Stadt gezogen. Ich habe nicht gewusst, dass er wieder in Köln ist. Meine Mutter hat mich nach der Hochzeit mit Timo enterbt und verbannt, weswegen ich keinen Kontakt mehr zur Gemeinde habe. Ihn wiederzusehen, war ein Schock.«

Maya löste Sarah aus meinen Armen. »Komm, wir schauen uns hier um und sammeln Beweise, die zwei Kerle können sich um Samuel kümmern.«

Erneut verwunderte Maya mich. Ihre sonst so fröhliche Art war einer ernsteren gewichen. Ich hatte nicht gewusst, dass sie so einfühlsam sein konnte. Dankbar nickte ich ihr zu und tauschte mit meinem Chef einen Blick, der ihn fragte, ob wir loswollten. Gemeinsam verließen wir den Spielplatz, um die Hausnummer 12 zu suchen.

»Damit sind – sollte dieser Samuel wirklich unser Täter sein – schon drei Polizisten persönlich in diesen Fall involviert.« Felix seufzte.

»Bachmann wird uns alle einen Kopf kürzer machen.«

Mein Chef lachte. »Er ist gar nicht so übel, wie er rüberkommt.«

Ich schnaubte. »Wie oft hast du ihn denn schon gesehen? Er ist ein richtiger Drache!«

Felix prustete laut los. »Dieser Drache, wie du ihn liebevoll betitelst, ist mein Schwager.«

»Öhm … Okay …«, war alles, was ich rausbrachte. Da hatte ich mich aber schön in die Nesseln gesetzt.

Über meine Befangenheit grinste Felix breit. »Schon okay. Ich mochte ihn anfangs auch nicht, aber er ist in Ordnung. Er kann manchmal ein Korinthenkacker sein und liebt seine Vorschriften, aber er hat für mich gekämpft. Ohne ihn hätte ich diese Stelle niemals bekommen.«

»Und er hatte endlich einen Grund, wie er mich ersetzen konnte.«

Felix zuckte mit den Schultern. »Er hält viel von dir und dem Team. Sein einziges Problem ist, dass du es mit den Regeln nicht so genau nimmst. Du weißt ja, seine Vorschriften sind das Maß aller Dinge.«

Wir lachten. Und das tat zur Abwechslung unfassbar gut. Doch als wir vor der Hausnummer 12 stehen blieben, verhärteten sich meine Züge sofort wieder.

»Klingeln oder Tür eintreten?«, fragte ich und bekam ein Grinsen dafür.

»Gefahr im Verzug, oder? Wir haben die dringende Annahme, dass dieser Mann unser Prediger ist.«

»Du oder ich?«

Felix zog seine Augenbrauen hoch. »Schau dir die Tür doch an. Die wirst du nicht einfach eintreten können. Zumal unser Überraschungseffekt dann verschenkt wäre. Ich habe etwas Besseres.« Er griff in seine Jackentasche und holte ein kleines Etui hervor. Mit den darin enthaltenen Dietrichen fummelte er am Schloss herum. Keine zwei Minuten später stand die Tür offen, und wir konnten lautlos eintreten.

»So etwas lernt man in Frankfurt?«

Er schnaubte. »Nicht bei der Polizei. Aber ich war auch mal jung.«

Eigentlich wollte ich noch etwas erwidern, aber ein Schrei aus dem Haus ließ uns verstummen. Wir kamen unbarmherzig im Hier und Jetzt an. Meine Hand glitt zu meinem Gürtel, nur um festzustellen, dass ich keine Waffe bei mir trug. Mit hochgezogenen Brauen musterte mein Vorgesetzter mich. Wir folgten dem Geräusch, das sich von uns zu entfernen schien.

»Du Miststück wirst für deine Sünden zahlen!«, hörten wir Sebastians Stimme. Nein, Samuels ... Oder wie auch immer er hieß.

Ein erneuter Schrei. Wir beschleunigten unsere Schritte. Sorge um Kathi rauschte durch meine Adern und trieb mich unerbittlich vorwärts.

Eine Tür schlug zu, dann herrschte Stille.

Felix und ich tauschten Blicke – er verwundert, ich voller Angst. Dann hielt uns nichts mehr. Wir durften Sebastian nicht verlieren – immerhin ging es um Leben und Tod. Wir wussten nicht, wo er war, und gingen von Raum zu Raum, fanden jedoch nichts als eine normale Wohnung. Hinter einer geschlossenen Tür entdeckten wir ein geräumiges Wohnzimmer, in dem eindeutig ein Kampf stattgefunden hatte, denn der Tisch war umgestürzt und Blut besudelte den weißen Teppich. Wir öffneten die nächste Tür, die zu einem schmalen Zimmer führte, dessen Fenster vergittert waren.

Ob er hier seine Opfer festgehalten hatte?

Hinter dem nächsten Eingang führte eine Treppe nach unten. Sie war von innen abgedichtet, als sollte sie den Schall dämpfen. Die Schreie hallten nun wider zu uns und gaben mir Hoffnung, dass es Kathi noch gut ging – jedenfalls den Umständen entsprechend. Sie zeigten mir, dass sie noch lebte.

Ich sprintete die Treppe nach unten, den Geräuschen hinterher, und stieß eine Tür aus Holz auf. Dann sah ich ihn, wie er sich über Kathi beugte und sie auf dem Boden festhielt. Sie zappelte und wehrte sich, doch gegen Sebastians Gewicht hatte sie keine Chance.

»Du gehst sofort von ihr runter, du Bastard!«, knurrte ich.

Der Prediger lachte. Er stand auf und zerrte Kathi mit sich nach oben, bevor er den Arm um ihren Hals schlang. »Was möchtest du machen, Sascha? Eine falsche Bewegung und deine Frau stirbt.«

»Exfrau«, fauchte sie und trat erneut um sich.

Er drückte daraufhin zu und schnürte ihr die Luft ab, woraufhin ihre Gegenwehr verebbte. »Benimm dich. Und du nimmst die Pistole runter!«

Felix und ich tauschten nervöse Blicke, weil wir Kathi nicht gefährden wollten. In Sebastians Gesicht erkannten wir blanken Hass, der ihn unberechenbar machte. Felix senkte seine Waffe und legte sie vor sich auf den Boden.

»Sie müssen alle sterben! Ich habe Vater enttäuscht. Er wird kein erneutes Scheitern dulden«, murmelte er vor sich hin, dann presste er die Lippen fest aufeinander. Samuel schüttelte den Kopf und erhöhte den Druck um Kathis Hals. Sie krallte sich in seinen Arm, versuchte, sich zu befreien.

Ich wusste nicht, was ich machen sollte. Bewegte ich mich, könnte er ihr das Genick brechen. Blieb ich weiterhin nur doof stehen, erstickte sie. Die Hilflosigkeit ließ mich erstarren, machte mich bewegungsunfähig.

»Samuel«, vernahm ich Sarahs warme Stimme.

Der Blick des Predigers wandte sich meiner Kollegin zu. Er musterte sie finster. »Sarah … Was willst du hier?«

Vorsichtig kam sie näher, Schritt für Schritt ging sie auf ihn zu. »Samuel, du musst das nicht tun. Lass die Frau los.«

Er schüttelte den Kopf. »Bleib stehen oder sie stirbt!«

»Und was geschieht dann?«, fragte meine Kollegin und verharrte einen Moment. Als er innehielt, setzte sie ihren Weg fort.

»Dann enttäusche ich Vater nicht.« Sebastian klang wie ein kleines, trotziges Kind. Kathi klammerte sich noch immer an seinen Arm und versuchte, sich zu befreien. »Du sollst mir fernbleiben!«

Seufzend blieb sie stehen. »Wenn du erst Kathi und dann uns tötest, wird die Polizei dich noch immer jagen. Das ganze Team weiß, was du getan hast. Stell dich.«

»Nein, das kann ich nicht!«

Sarah trat einen weiteren Schritt auf Sebastian zu. »Samuel … Noch kannst du bereuen und für dein Vergehen Buße tun. Ich weiß, dass du ein gutes Ziel verfolgt hast, aber Mord ist und bleibt eine Sünde. Sie ist die schlimmste von allen.«

Der Prediger presste seine Lippen fest aufeinander. »Gott hat mir all meine Sünden vergeben!«

Sarah legte ihren Kopf schief. »Lass die Frau los, Samuel. Ich weiß, dass du ein guter Mensch bist. Wir waren mal ein Paar. Du warst damals liebevoll und herzlich. Was ist nur aus dir geworden?«

Sebastian senkte seinen Blick. »Ich habe Vater enttäuscht. Immer und immer wieder.«

Mittlerweile war Sarah bei ihm angekommen und legte ihre Hand auf seinen Arm. »Er hat dich schwer bestraft, oder?«

Mit Tränen in den Augen nickte er. Hatte Sarah ihn tatsächlich geknackt?

»Du hast Schlimmes durchgemacht, Samuel, aber die Frau kann nichts dafür. Wir werden deinen Vater zur Rechenschaft ziehen. Aber dafür musst du sie jetzt loslassen.«

»Zu spät«, hauchte er und entließ Kathi aus seinem Griff, die leblos zu Boden sank.

Sarah griff an ihren Gürtel und löste die Handschellen, die sie Sebastian umlegte. Das bekam ich nur am Rande mit, weil ich zu Kathi sprang und mich neben ihr auf den Boden fallen ließ. »Kathi! Kathi, bitte!« Ich griff unter ihren Rücken und bettete ihren Kopf auf meine Beine, strich ihr sanft eine Strähne aus dem Gesicht. Dann fühlte ich mit zitternden Fingern an ihrem Hals nach dem Puls.

Nichts.

Nein! Das konnte nicht sein.

Felix kniete sich neben mich und griff nach ihrem Handgelenk. »Sascha! Sie lebt.«

Tonnenschwere Steine fielen mir vom Herzen. In meiner Panik fühlte ich erneut nach ihrem Herzschlag. Dann spürte ich das leichte, stetige Pochen. Felix hatte recht.

Ich griff in ihre Kniekehlen und unter den Rücken, um sie hochzuheben. Sie musste aus diesem Loch raus. Gemeinsam mit Sarah, Felix und unserem Gefangenen verließen wir das Haus. Kollegen erwarteten uns, genauso wie ein Krankenwagen.

Sobald ich meine Exfrau in Sicherheit wusste, ging ich zurück in das Haus. »Jonas?«

Wo war mein Sohn?

Ich ging von Raum zu Raum, doch ich fand ihn nicht. Verdammter Mist! Was hatte er meinem Jungen angetan? Vor Wut ballte ich meine Hände zu Fäusten und stürmte wieder nach draußen. Glücklicherweise saß Sebastian schon im Streifenwagen, der gerade in Richtung Revier davonfuhr. Ansonsten hätte ich ihm die Antwort herausgeprügelt.

»Er ist nicht hier«, flüsterte ich, als Felix neben mich trat.

Mein Vorgesetzter presste die Lippen fest aufeinander und legte seine Hand auf meine Schulter. »Wir werden ihn finden. Lass uns auf's Revier zurückkehren. Ich habe Maya bereits beauftragt, alle Informationen über Samuel herauszufinden.«

Wir gingen zu seinem Auto und stiegen ein. Kathi war gerettet, doch von unserem Sohn fehlte jede Spur. Sebastian konnte sich warm anziehen. Er würde dafür büßen, was er meiner Familie angetan hatte …

KAPITEL 21

~ *Sarah* ~

Als ich mich in mein Auto setzte, atmete ich erst einmal tief durch. Eigentlich hätte ich mich um die Spurensicherung kümmern müssen, doch in diesem Fall war alles mehr als eindeutig, weswegen ich die Kollegen nicht beaufsichtigte. Viel mehr glaubte ich, dass es sinnvoller war, wenn ich bei Samuels Verhör dabei wäre. Es wunderte mich, dass ich überhaupt zu ihm vorgedrungen war. Vielleicht half uns das bei der Suche nach Jonas.

Ach, Samuel …

Ich konnte nicht fassen, dass er tatsächlich unser Mörder sein sollte. In dem Keller hatte ich ihn kaum wiedererkannt. Damals war er nett und zuvorkommend gewesen. Jede Frau wünschte sich einen perfekten Mann, trotzdem hatte ich gespürt, dass er nicht der Richtige gewesen war.

Was hatte sein Vater ihm nur angetan?

Oder war es vielleicht auch meine Schuld, weil ich ihn verlassen hatte? Kannte ich den Mann überhaupt, den ich als perfekt betitelt hatte? Wo war der friedliebende Samuel hin verschwunden?

Ich hatte seinen Vater nie kennengelernt. Nicht nur ihn, sondern seine ganze Familie nicht. Wenn man genauer darüber nachdachte, kam einem das verdächtig vor. Damals war mir das nicht wichtig gewesen, doch inzwischen wünschte ich mir, dass ich darauf bestanden hätte. Aber Maya würde sie ausfindig machen.

Der Motor sprang leise summend an, und ich fuhr zum Revier. Wir hatten Kathi gerettet, von Jonas fehlte noch jede Spur. Es war unsere Aufgabe, ihn zu finden. Sascha würde es nicht verkraften, wenn seinem Sohn etwas geschah. Verstehen konnte ich das, denn auch ich hatte zwei Kinder, die mir alles bedeuteten. Am Abend würde ich mir viel Zeit für sie nehmen. Durch den Fall hatte ich meine Familie schwer vernachlässigt.

Als hätte Timo meine Gedanken gelesen, klingelte mein Handy. Ich schaltete ihn auf die Freisprechanlage. »Hallo, Liebling.«

»Meine Schöne, gut, dass du noch lebst.« Seine Stimme klang gepresst.

»Ti, sei mir nicht böse. Du weißt, dass ich dich liebe.«

Er schwieg einen Moment. »Ja, das weiß ich. Trotzdem geht mir dein Beruf auf die Nerven.«

Ich seufzte. »Du wusstest, auf was du dich mit mir eingelassen hast.«

»Dass du ein hingebungsvoller Mensch bist, der seinen Job liebt, ja. Aber nicht, dass du deswegen kaum noch Zeit für deine Familie hast.«

Ich schüttelte den Kopf, auch wenn er es nicht sehen konnte. »Ti, wir haben den Kerl geschnappt. Damit ist der Fall vorerst abgeschlossen. Wir haben einen neuen Chef, und Sascha ist ebenfalls wieder im Dienst. Dadurch habe ich wieder mehr Zeit.«

Mein Mann seufzte. »Sarah, du musst dich entscheiden, ob du mit mir oder deinem Job verheiratet bist.«

»Natürlich mit dir, Ti. Ich habe für dich alles aufgegeben, weil meine Mutter dich nicht akzeptieren konnte. Der Job ist alles, was mir geblieben ist.«

»Und ich zähle nicht?«

Warum musste er manchmal so ein Erbsenzähler sein? »Natürlich zählst du. Verzeih mir bitte, aber dieser Fall hat alles wieder aufgewühlt. Der Täter ist einer aus der Gemeinde. Ich kannte ihn damals sehr gut.«

Timo atmete scharf ein. »Das tut mir leid, meine Schöne.«

Ein trauriges Lächeln schlich sich auf meine Lippen. »Wir müssen ihn noch verhören, danach komme ich heim.«

»Ich erwarte dich bald. Vertreiben wir die Sorgen.«

Mir entwich ein amüsiertes Schnauben. »Ich hoffe doch. Bis später.«

»Bis später.«

Dann legten wir auf.

Mit wenigen Worten hatte Timo mich aufgemuntert und mir die nötige Kraft gespendet, die ich für das bevorstehende Verhör brauchte. Vielleicht hatte ich viel für ihn aufgegeben, aber ohne ihn wäre ich nicht glücklich gewesen.

Als ich mein Auto in der Tiefgarage parkte, stieg ich glücklich aus. Ich war bereit, Samuel in die Mangel zu nehmen.

Mit dem Team hatten wir besprochen, dass Sascha und ich das Verhör übernehmen würden. Julian hatte vorgeschlagen, dass Sascha ihn provozierte und ich ihn mit meiner ruhigen Art aushorchte. Er vertraute mir einigermaßen und würde sich mir gegenüber am ehesten öffnen.

Gemeinsam mit meinem ehemaligen Chef betrat ich den kleinen Raum, in dessen Mitte ein Tisch mit drei Stühlen stand. Ich setzte mich Samuel gegenüber, während sich Sascha an die Wand hinter mich lehnte und ihn finster anstarrte.

Dann legte ich ihm die Belehrung vor. »Du hast einige Rechte. Zum Beispiel darfst du dir einen Anwalt holen. Möchtest du das?«

Samuel musterte mich aufmerksam, dann schüttelte er den Kopf. »Gott ist mein Richter. Wenn er möchte, dass ich bestraft werde, dann ist das so. Dafür brauche ich keinen menschlichen Beistand.«

»Gut«, knurrte Sascha und trat näher. »Wo ist mein Sohn?«

Samuel zog seine Augenbrauen zusammen. »Ich weiß nicht, wovon du sprichst.«

Sascha war an den Tisch gekommen und stemmte die Hände darauf ab. »Ich weiß genau, dass du ihn entführt hast.«

Ein süffisantes Lächeln schlich sich auf Samuels Lippen. »Nein, das habe *ich* nicht.«

Verblüfft schwieg Sascha, denn er erkannte genauso wie ich die Wahrheit in Samuels Worten.

»Wenn du es nicht warst, wer dann?«, fragte ich.

Samuel lachte. »*Er* hat es wieder getan. Ihr seid einfach zu dämlich, um seine Rätsel zu lösen.«

Sascha richtete sich auf und ging um den Tisch herum. »Du weißt, wer es war?«

Samuel nickte und grinste. »Ja, das tue ich.«

Er packte ihn am Nacken und übte Druck darauf aus. »Dann verrat es mir!«

»Sascha!«, ermahnte ich meinen Kollegen, der den Mann losließ und sich wieder an die Wand lehnte.

»Was denn? Er weiß, wo mein Junge ist. Meinst du, da bleibe ich ruhig?«, murrte Sascha.

Ich schüttelte den Kopf, dann wandte ich mich wieder Samuel zu. »Du möchtest uns nicht helfen?«

»Warum sollte ich?« Er legte seinen Kopf schief und sah mich fragend an.

»Weil du gar kein so übler Kerl bist?«

Sascha schnaubte. »Dieser Kerl ist das pure Böse. Der Teufel höchstpersönlich.«

Samuel spuckte aus. »Nimm das zurück.«

Sascha schüttelte wie ein trotziges Kind seinen Kopf. »Nö.«

»Du! Du …« Der Prediger gab ein Geräusch von sich, das eine Mischung aus einem Schrei und einem Schnauben war.

»Samuel, du musst mit mir reden, ansonsten kann ich dir nicht helfen«, versuchte ich, ihn zu beruhigen.

»Ich brauche deine Hilfe nicht! Vater hat geholfen, indem er seinen Sohn genommen hat. Das macht er immer, wenn er meint, mich schützen zu müssen. Er wird mir auch hierbei helfen. Gott ist mein Richter!«

Sascha und ich wechselten vielsagende Blicke. Wahrscheinlich dachten wir das Gleiche. Als Samuel klar wurde, was er gerade gesagt hatte, stützte er seine Stirn auf die Hände. Wir hatten bekommen, was wir benötigt hatten, deswegen verließen wir das Zimmer. Mehr würden wir nicht erfahren.

Sobald die Tür geschlossen war, seufzte Sascha. »Ich hätte ihm gern eine verpasst.«

Meine Lippen verzogen sich zu einem gequälten Lächeln. »Das kann ich verstehen. Lass uns Maya suchen und sie fragen, ob sie etwas herausgefunden hat. Wir müssen seinen Vater finden, dann finden wir auch deinen Sohn.«

Er nickte, dann gingen wir in das Hinterzimmer, in dem der Rest des Teams saß. Sie begrüßten uns mit Schulterklopfen.

»Sehr gut«, lobte uns Julian.

»Das mag sein, aber wir müssen noch herausfinden, wer seine Eltern sind.« Felix sah Maya auffordernd an.

Die grinste breit. »Bin schon dabei, hab's gleich.«

»Es ist traurig, dass meistens die Menschen die Bösen sind, von denen man es am wenigsten erwartet.« Ich senkte den Blick.

»Leider ja. Aber schaut her, ich habe Samuels Eltern gefunden! Er wurde adoptiert.« Sie wendete ihr Tablet und zeigte uns ein Bild von einem Ehepaar, das ich schon einmal gesehen hatte.

Sascha atmete scharf ein. »Unmöglich.«

»Was ist los?«, fragte Olli.

»Sarah, du glaubst nicht, wie recht du mit deiner Aussage gehabt hast. Ich kenne die beiden.« Sascha seufzte und sagte uns, um wen es sich handelte. Er bestätigte damit meine Vermutung, dass ich sie bereits ebenfalls kannte.

Felix ballte daraufhin seine Hände zu Fäusten. »Fangen wir das Schwein, das uns so viel Unheil gebracht hat. Wer hätte gedacht, dass sie zu zweit arbeiten?«

Gemeinsam verließen wir das Hinterzimmer des Verhörraumes und begaben uns ein weiteres Mal in die

Tiefgarage, um den zweiten Mann aufzusuchen. Den Kerl, der Samuel misshandelt und zu dem Monster gemacht hatte, das er jetzt war. Wir würden ihm gewaltig in den Hintern treten, das schwor ich mir.

KAPITEL 22

~ Sascha ~

Ich klopfte an die Tür seines Appartements. Sarah hatte mit ihrem Spruch recht gehabt. Denn als Johannes mir öffnete, in seinem Bademantel und mit den verwuschelten, blonden Haaren, wirkte er nicht wie jemand, der Menschen tötete oder quälte. Er lächelte freundlich, auch wenn Verwunderung in seinem Gesicht stand.

»Sascha, was für eine Freude, dich zu sehen. Komm doch rein.« Mit einer einladenden Geste trat er beiseite, und ich folgte ihm durch einen schmalen Flur, von dem fünf Türen abgingen, sowie ein weiterer kleinerer Gang.

Die erste Tür führte in eine schmale Küche. Bis auf das Wohnzimmer waren die anderen Räume verschlossen. Dort stand ein großes, dunkelblaues Ecksofa, vor dem sich ein schmaler Tisch befand. Gegenüber dominierte eine riesige Schrankwand das Zimmer.

Wir setzten uns auf die Couch. »Kann ich dir etwas zu trinken anbieten?«

Ich schüttelte den Kopf. »Nein, danke. Deswegen bin ich nicht hier.«

Er schenkte mir einen weiteren verwunderten Blick. »Was führt dich dann zu mir?«

Meine Hände ballten sich zu Fäusten. Ich musterte den Mann mir gegenüber, den ich zuvor zu meinen Freunden gezählt hatte. Seine Ratschläge waren oft Gold wert gewesen.

»Sascha?« Die Verwunderung wich etwas Lauerndem, als ob er zu ahnen schien, dass ich wusste, wer er war.

Ein Seufzen entwich meiner Kehle. »Wieso hast du es getan?«

»Was meinst du?«, fragte er mich vorsichtig.

»Meinen und Felix Winters Sohn entführt. Samuel misshandelt.« Meine Stimme klang leise, glich einem Flüstern.

Die Augen meines Gegenübers verengten sich zu Schlitzen, seine freundliche Maske war wie weggeblasen. »Ich habe nichts gemacht.«

Ein belustigtes Schnauben entwich mir. »Komm schon, dein Spiel ist vorbei.«

Anerkennend hob er die Augenbrauen. »Wie hast du es herausgefunden?«

Ein Grinsen breitete sich auf meinen Lippen aus, denn er war mir in die Falle getappt. Beweise hatten wir keine, doch er hatte in diesem Moment gestanden. »Indem wir Samuel geschnappt haben und seine Verbindung zu dir rekonstruiert haben. Den Rest hast du uns mit dem Gedicht geliefert.«

Er wirkte überrascht, nickte vor sich hin. »Es wundert mich, dass endlich jemand meine versteckten Hinweise entziffert hat. Jonas ist inzwischen das dritte Kind, das ich entführt habe. Dabei sind die Zeichen doch eindeutig.«

»Das erste Kind war Sebastian, das zweite der Sohn von Felix Winter, richtig?«

»Genau. Es wurde Zeit, dass du aus deinem Loch herauskriechst und deine Faulheit besiegst. Ich musste ein Kind vor einem Säufer wie dir bewahren.« Du bist ein Nichtsnutz.« Von der sonst so freundlichen Art war nichts mehr zu erkennen.

»Das hast du mit dem Gedicht also gemeint. Das Goldene und die Freundschaft deuten auf unsere Verbindung hin. Die Kneipe und deine Haarfarbe. Mit dem Versinken meinst du, dass ich mich im Alkohol verliere. Schade nur, dich enttäuschen zu müssen, denn ich arbeite schon längst wieder. Gemeinsam mit Felix Winter haben wir euch gejagt und geschnappt. Ist wohl nicht ganz nach Plan verlaufen, wie?«

Seine Gesichtszüge entglitten ihm bei meinen Worten, dann sprang er auf und stürzte sich auf mich. Ein Schwinger traf mich am Kinn. Ich stöhnte vor Schmerzen auf. Das heiße Brennen ließ mich für einen Moment Sterne sehen, bevor ich mich erholen konnte. Mein Kontrahent hatte die Zeit genutzt, um den Raum zu verlassen. Ich sprang auf und ging ihm in aller Ruhe hinterher.

Weit kam er nämlich nicht.

Als er die Tür aufriss und ins Freie fliehen wollte, begrüßte Felix ihn, indem er ihm die Faust ins Gesicht schlug. Johannes taumelte einige Schritte nach hinten. Ich nutzte die Gelegenheit und legte ihm hinterrücks Handschellen an. Sarah übernahm daraufhin unseren Gefangenen und brachte ihn fort. Julian, Olli und Maya traten in die Wohnung.

Von dem Lärm angelockt, öffnete sich eine weitere Tür, und Annegret trat verschlafen in den Flur.

»Ich weiß nicht, inwieweit Annegret in der Sache mit drinsteckt. Passt also auf. Olli, du kümmerst dich um sie. Wir anderen durchsuchen die Räume.«

Der Angesprochene ging auf die alte Frau zu und legte ihr Handschellen um. Er sprach leise mit ihr, und die Frau seufzte leise, wehrte sich aber nicht.

Es stand mir nicht zu, Befehle zu geben, weswegen ich einen Blick mit Felix tauschte, der nickte. Er hatte verstanden, dass ich mich erst einmal an die neue Situation gewöhnen musste. Dazu kam die Sorge um mein Kind.

Würden wir ihn in der Wohnung finden?

»Er muss hier sein«, beschwor mich Maya. »In dem Haus wohnen nur alte Menschen und Personen, die dauerhaft im Urlaub sind. Es gibt kaum einen perfekteren Ort.«

Ich lächelte matt, dann öffnete ich die erste verschlossene Tür, die sich gegenüber der Wohnungstür am Ende des Ganges befand. Es war ein kleines WC. Die nächste Tür führte in ein Arbeitszimmer. Darin befanden sich ein Schreibtisch sowie einige Regale, die vor lauter Papier überquollen.

»Hier ist nichts.« Dann wandte ich mich um. Meine Kollegen folgten mir lautlos, um mir den Rücken zu stärken und freizuhalten.

Die nächste Tür lag zwischen Arbeitszimmer und Küche. Als ich die Klinke betätigte, bemerkte ich, dass sie abgeschlossen war. Mein Herz begann, kräftiger zu pochen, trieb Schauder voller Nadelstiche durch meinen Körper.

Ob Jonas hinter dieser Tür war?

»Felix?«, rief ich nach meinem Vorgesetzten, der sich im Wohnzimmer umgesehen hatte.

Meine Hände zitterten, als er zu uns trat. Wortlos deutete ich auf die Tür, und er schien zu wissen, was ich wollte. Er fischte ein kleines Etui aus seiner Westentasche, holte Dietriche hervor und fing an, das Schloss zu knacken.

»Abgefahren!«, murmelte Maya und grinste breit.

Mit einem Klicken sprang die Tür auf.

Ich spürte, wie sich meine Atmung beschleunigte, als ich das Türblatt immer weiter aufschob. Es fühlte sich an, als würde die Zeit stillstehen und sich diese wenigen Sekunden in Zeitlupe abspielen. Dann sah ich in das kleine Zimmer, in dem zwei Jungs auf einer dünnen Matratze saßen und an die Heizung gekettet waren.

»Jonas!«, rief ich aus.

Der kleinere der beiden Jungs hob seinen Kopf. Als er mich erkannte, traten Tränen in seine Augen. Ich lief auf ihn zu und schloss ihn fest in meine Arme, während auch mir etwas Feuchtes über die Wange lief.

»Ich wusste, dass du uns findest!«, sagte mein Kleiner.

»Wer ist denn der andere Junge?«

Die braunen Augen des Kindes sahen zu mir. Angst stand in ihnen geschrieben. Er hatte kurz geschorenes, braunes Haar und trug graue Lumpen, wie sie auch Jonas anhatte.

»Marko«, entwich es Felix, der wie erstarrt im Türrahmen stehen geblieben war.

Der Junge sah zu meinem Chef, und seine Augen weiteten sich vor Verwunderung. »Papa?«

Wir hatten nicht nur meinen Sohn, sondern auch Felix' Kind gefunden. Er hatte ihn nach den zwei Jahren aufgegeben, hatte die Hoffnung verloren. Aber das Schicksal hatte gewollt, dass wir ihn fanden.

Mit zitternden Fingern begann Felix, an den Schlössern der Handschellen zu fummeln, doch es gelang ihm nicht.

»Jungs, lasst mich mal«, mischte sich Maya ein und schob Felix sanft zur Seite.

Dieser musterte sie finster, doch als sie ihm einen kleinen Schlüssel zeigte, rückte er freiwillig zur Seite.

»Wo hast du den her?«, wollte er wissen.

Sie grinste breit. »Während ihr in Wiedersehensfreude vertieft wart, habe ich mich in der Küche umgesehen und ihn an einem Schlüsselbrett gefunden. Jetzt muss er nur passen.«

Und das tat er. Lautlos glitten die Handschellen auseinander. Marko taumelte in die Arme seines Vaters. Dann befreite sie Jonas. Ich wollte ihn einfach nur festhalten und am liebsten nie wieder loslassen, damit ihn kein fanatischer Spinner in die Finger bekam.

EPILOG I

~ Sascha ~

Zusammen mit Jonas betrat ich das Krankenhaus, um Kathi zu besuchen. Er hielt meine Hand fest und traute sich nicht, sie loszulassen. Ich klopfte an, bevor wir eintraten.

Als sie uns erkannte, lächelte sie. »Es ist schön, euch zu sehen.«

Ihr Gesicht schillerte noch immer in verschiedenen Farben, ihr Hals wirkte beinah schwarz. Auch wenn der Fall uns alle an unsere Grenzen getrieben hatte, so hatten wir trotzdem überlebt. Kathis Wunden würden heilen, ihre inneren Verletzungen würde sie trotzdem noch lange mit sich tragen.

»Danke, dass du mich gerettet hast.« Ihre Stimme zitterte bei diesen Worten.

»Er hat mich und Marko auch gerettet«, rief Jonas aus und klang fast wieder wie immer.

Es erstaunte mich, wie gut er alles weggesteckt hatte. Johannes hatte ihn gezwungen, die Bibel zu lesen und nach seinem Glauben zu leben. Bei jedem Verstoß hatte er ihn bestraft. Die Zeichen dieser Misshandlung trug er noch immer, aber der Kinderpsychologe glaubte, dass er das alles in wenigen Wochen überwunden haben würde.

Das gab mir Mut.

Und Kraft, meinen Job weiterauszuführen.

Ich hatte ernsthaft darüber nachgedacht, aufzugeben und alles hinzuschmeißen, doch das hätte nichts geändert. Wenn sich ein Täter persönlich auf einen einschoss, war es egal, ob man arbeitete oder nicht. Johannes und Sebastian hatten mir geschadet, obwohl ich krankgeschrieben gewesen war. Außerdem konnte ich mit meiner Arbeit die Welt für meine Familie sicherer machen.

»Ich bin so froh, dass es euch gut geht.«

Kathi schmunzelte. »Na ja, gut ist was anderes, mein Lieber.«

Ein Seufzen entwich meiner Kehle. »Du weißt, was ich meine.«

Sie lächelte matt. »Ja, das weiß ich und es ehrt mich, den fähigsten Ermittler der Welt als Exmann zu haben. Wie geht es den anderen?«

Ich zuckte mit den Schultern. »Ganz gut, denke ich. Sie kümmern sich gerade um den Papierkram. Magst du mir verraten, wie Samuel auf dich gekommen ist?«

Niedergeschlagen senkte sie ihren Blick. »Wir hatten uns vor der Schule getroffen und auf Anhieb gut verstanden. Er hatte gefragt, ob wir gemeinsam etwas essen wollen, und ich habe Ja gesagt. Hätte ich besser nicht. Wer konnte ahnen, dass in ihm ein Serienmörder steckt?«

»Mach dir keine Vorwürfe, Kathi. Ich kenne ihn und weiß, dass er aussieht, als könnte er keiner Fliege etwas zuleide tun.« Unschlüssig blieb ich neben dem Bett stehen, während Jonas darauf kletterte und sich an seine Mutter kuschelte.

Abwesend schlang sie ihre Arme um ihn. »Das Schlimmste ist, dass er erreicht hat, was er wollte, Sascha. Ich werde mich nie wieder mit irgendwelchen Kerlen treffen können, ohne Angst zu haben.«

In einer langsamen Bewegung legte ich meine Hand an ihre Wange und übte sanften Druck aus, damit sie zu mir aufsah. »Gib dir Zeit. Die Wunden müssen erst mal heilen.«

Sie schüttelte den Kopf. »Das ist es nicht, Sascha. Mir ist etwas klar geworden. Jedes bescheuerte Date war ein Reinfall. Weißt du, warum? Weil ich nach jemandem gesucht habe, der dich ersetzt. Aber das geht nicht. Du bist einzigartig. Die ganze Zeit über habe ich versucht, dich zu vergessen, aber ich kann es nicht.«

Bei ihren Worten presste ich die Lippen fest aufeinander. Wie oft hatte ich mich danach gesehnt, dass sie so etwas sagte? Ich hatte mir gewünscht, dass sie uns noch eine Chance gab.

»Kathi … Ich weiß nicht, was ich sagen soll. Du weißt, dass du mir noch immer unendlich viel bedeutest, aber haben wir eine Zukunft?«

Sie zuckte mit den Schultern. »Keine Ahnung, Sascha, aber wenn wir es nicht probieren, finden wir es nicht heraus, oder?«

Ich lächelte. »Wir können ja mit einem gemeinsamen Essen anfangen?«

Sie nickte und strich Jonas, der in den Armen seiner Mutter eingeschlafen war, sanft durch das Haar.

Würden wir eine Möglichkeit finden, uns zusammenzuraffen? Ich wusste es nicht. Aber Kathi hatte recht: Wenn wir es nicht probierten, würden wir es nicht herausfinden.

EPILOG II

~ Sarah ~

Sebastian würde für eine lange Zeit hinter Gitter kommen. Seinem Ziehvater konnten wir Missbrauch, Nötigung Körperverletzung, Anstiftung zum Mord und Entführung nachweisen. Ich vermutete, dass er für ein paar Jahre hinter Gitter wandern würde. Das hinterließ einen faden Nachgeschmack. Trotzdem würde er immer unter Beobachtung bleiben. Annegret würde auf Bewährung freikommen, war wohl selbst Opfer, wollte von alldem nichts gewusst haben – wie auch immer das gehen sollte.

Hinter mir wurde die Tür aufgestoßen, und Felix trat seufzend ein. »Alles gut, Felix?«

Er rollte mit den Augen. »Ich lebe noch. Wenn wir die Kinder nicht gerettet hätten, hätte mich mein Schwager an den Eiern kopfüber aufgehängt.«

Ich schnaubte. »Aber das haben wir.«

»Trotzdem hat er das gesagt.« Ungläubig schüttelte er den Kopf. »Ich kann es noch immer nicht fassen. Mein Junge lebt.«

»Das freut mich sehr für dich. Wirst du eigentlich bei uns bleiben?« Die Frage brannte mir schon lange auf der Seele. Wir hatten uns gerade an ihn gewöhnt und ins Herz geschlossen.

Trotzdem war Sascha zurück, und damit brauchten wir ihn nicht mehr.

Er legte leicht seinen Kopf schief, dann grinste er. »Ich werde bleiben. Sascha und ich müssen uns nur noch einigen, wer die Leitung übernimmt.«

Ich konnte mir das Grinsen nicht verkneifen. »Das ist super. Willkommen im Team!«

»Hoffentlich werden die anderen das auch so sehen.«

Ich winkte ab. »Das werden sie.«

»Gut, dann bin ich erleichtert. Ich gehe jetzt nach Hause. Und du auch. Der Papierkram kann bis morgen warten. Du hast eine Familie, die auf dich wartet.«

»Danke.« Ich wandte mich ab und verließ das Büro. Dann schickte ich Timo eine Nachricht, dass ich auf dem Heimweg wäre und er schon einmal ein Bad einlaufen lassen sollte.

Wir hatten einen Fall gelöst. Bis zum nächsten würde es etwas ruhiger werden, und solange konnte ich mich auf meine Familie konzentrieren. Darauf freute ich mich, als ich in mein Auto einstieg und endlich nach Hause fuhr.

NACHWORT

Liebe Leser,

ich danke euch, dass mein Buch euch eine Zeit lang begleiten durfte, und hoffe sehr, dass es euch gefallen hat.

Wer mich und meine Bücher unterstützen möchte, darf gern eine Rezension bei Amazon und einschlägigen Portalen hinterlassen oder sich natürlich mit anderen darüber austauschen. Ich bin schon gespannt auf eure Meinung. Außerdem halte ich euch über Aktionen oder Lesungen auf meinem Social-Media-Kanal auf dem Laufenden.

Zum Ende hin möchte ich euch gern noch ein paar Worte zum Nachdenken hinterlassen. Die Geschichte und die Personen sind natürlich erfunden. Jedoch hat sich Arnas Entführung in ähnlicher Art und Weise bei einer Bekannten abgespielt. Ihr Fall ist glücklich ausgegangen, denn ein aufmerksamer Mensch hat bemerkt, wie jemand bei ihr ins Auto gestiegen ist. Deswegen ist nichts passiert, und man möchte sich nicht ausmalen, was hätte geschehen können.

Diese Geschichte hat mich dermaßen erschreckt, dass ich sie als Warnung niederschreiben musste.

Ich hoffe, dass ihr nun gewarnt seid und euch dreimal überlegt, ob ihr nachts aus eurem Auto aussteigt, um den Weg freizuräumen. Achtet auf eure Umgebung und passt auf euch auf.

Bis zur nächsten Geschichte,
Eure Alexis Snow

Danksagung

Mein größter Dank gilt natürlich euch, meinen Lesern. Ohne euch würden meine Geschichten eine leere Hülle sein. Danke, dass ihr mich unterstützt.

Ich danke meiner Familie, die mich unterstützt und immer an mich glaubt. Ganz besonders natürlich meiner Mutter.

Julia, auf die ich immer zählen kann, auch wenn es mir mal nicht gut geht und der Stress Oberhand gewinnt.

Sabine, ohne die ich niemals an dieser Stelle stehen würde.

Debby, die mich selbst in den stressigsten Situationen zum Lachen bringen kann.

Bea, die einfach die Beste ist.

Meine Blogger, die mich stets unterstützen und nicht im Regen stehen lassen.

Meinem Testleser Niklas, auf den ich mich immer verlassen kann.

Meiner Lektorin Melina, die wieder einmal alles aus der Geschichte rausgeholt und ihr den letzten Feinschliff gegeben hat.

Meinem Freund, der mich mit all meinen Ecken und Kanten akzeptiert, wie ich bin.

Die Autorin

Alexis Snow lebt mit ihrem Freund und zwei Katzen in Köln, wo sie 1992 geboren wurde. Nach ihrer Schulzeit entschied sie sich gegen ein Studium und suchte nach einem Job, in dem sie ihre Kreativität ausleben kann. Deswegen absolvierte sie eine Lehre als Bauzeichnerin und arbeitet noch immer in diesem Beruf.

Seit sie lesen kann, liebt sie alles, was mit Büchern zu tun hat. Schon als kleines Kind hat sie davon geträumt, eigene Geschichten zu schreiben und Menschen in fremde Welten zu entführen, weswegen sie schon als kleines Kind eigene Geschichten verfasste, die sie aber niemandem zeigte. Zum Schreiben ist sie durch Zufall und „Gruppenzwang" gekommen, als ihre Freundinnen angefangen haben zu schreiben. Mittlerweile ist das Hobby zu einer Leidenschaft geworden. Ihr Ziel ist es, Menschen in fremde Welten zu entführen und ihnen den Tag für ein paar Stunden zu verschönern.

Neben dem Lesen und Schreiben zählt Sport zu ihren Hobbies. Sie ist leidenschaftliche Kampfkünstlerin und Tänzerin, genießt es aber auch, sich im Fitnessstudio auspowern zu können

Weitere Bücher der Autorin

Die Domstadt Köln hält den Atem an, als eine grausam zugerichtete Leiche gefunden wird. Aufgebahrt wie ein Engel, das Herz herausgetrennt. Der Täter hat keine Spuren hinterlassen und beinahe scheint es, als ginge ein blutrünstiges Phantom um.

Als Sascha und sein Team die Ermittlungen aufnehmen, wird schnell klar, hier ist ein Serienmörder mit viel Liebe zum Detail am Werk. Je näher sie ihm kommen, desto schneller und brutaler schlägt er zu.

Erst viel zu spät bemerkt Sascha, dass der "Geist" mit ihm spielt - ein Spiel, das für ihn tödlich enden soll.

Preis: 11,99 €
ISBN: 978-3752646764

Seit Thea denken kann, lebt sie in ständiger Angst, denn sie ist eine Träumerin. Was sie Nacht für Nacht im Schlaf erlebt, ist nur noch wenigen möglich, weswegen sie gejagt wird. Mit ihresgleichen lebt sie in einem versteckten Dorf. Doch dann erfährt sie, dass sie eine Zwillingsschwester hat, die in einer der für Träumer gefährlichen Städte wohnt. Obwohl sie damit nicht nur sich in Gefahr bringt, nimmt Thea das Risiko in Kauf und begibt sich auf die Suche nach ihr.

Ihr Zwilling Jenna dagegen weiß nichts von Thea und genießt ein Leben im Luxus. Als die beiden schließlich aufeinandertreffen, ahnen sie nichts von dem mächtigen Erbe, das in ihnen wohnt. Schon bald geht es nicht mehr nur um die Schwestern, sondern um das Schicksal der gesamten Welt.

Preis: 11,99 €
ISBN: 978-3752640373

Schon ihr ganzes Leben lang ist Lea anders als ihre Mitmenschen.

Von ihren Mitschülern wird sie gemobbt und Zuhause steht sie stets im Schatten ihres Zwillingsbruders. Wieso sie nirgend reinzupassen scheint, weiß sie nicht – bis der geheimnisvolle Niklas auftaucht und ihr eröffnet, dass in ihr ein uraltes magisches Erbe schlummert. Denn Lea ist eine Feuerelementare. Diese Tatsache eröffnet ihr nicht nur eine ganz neue Welt, sie trifft auch Gleichgesinnte und fühlt sich endlich nicht mehr als Außenseiterin. Doch ihre Gabe hat nicht nur gute Seiten. Während ihrer Ausbildung kommt sie einem düsteren Geheimnis auf die Spur, das sie schließlich vor eine schwere Entscheidung stellt: ihr neues Leben oder der Mensch, der ihr am meisten bedeutet?

Preis: 12,99 €
ISBN: 978-3750452695

Die Leeren sind erst einmal zurückgeschlagen, aber sind sie der wahre Feind?

Nach den einschneidenden Erlebnissen am Drachenfels versuchen Lea und ihre Freunde zur Normalität zurückzukehren. Doch das gestaltet sich schwerer als gedacht. Denn auf den Schultern der jungen Einheit liegt noch immer die Erwartung, die Welt und die Drachen zu retten.

Als Louisa sich plötzlich zu verändern beginnt, wird Lea erneut vor eine Wahl gestellt. Ist sie bereit, über sich hinauszuwachsen, auch wenn die Entscheidung bedeutet, sich selbst aufzugeben?

Preis: 11,99 €
ISBN: 978-3751951104

Wie weit würdest du gehen, um deinem Schicksal zu entkommen?

Olivia hat als Thronerbin Livenias alles, was das Herz begehrt: einen Palast,
Geld und Macht. Niemand würde ihr einen Wunsch verwehren und doch
macht sie das Leben am Hof nicht glücklich. Müde von der Etikette entscheidet
sie sich, heimlich zu entwischen, um herauszufinden, ob ein normales Leben
mehr für sie bereithält. Doch das gestaltet sich schwerer, als gedacht. Als ihr
auch noch Ben mit seiner Arroganz das Leben schwer macht, kann es nicht
schlimmer kommen. Dann deckt Olivia allerdings ein Geheimnis auf, das ihre
Ansichten zutiefst erschüttert.

Preis: 11,99 €
ISBN: 978-3750452695